講談社文庫

透きとおった糸をのばして

草野たき

講談社

もくじ

透きとおった糸をのばして

1

「はい、集合！」

キャプテンの柳沢由紀《やなぎさわゆき》が、きりっとした声をあげる。寒さで赤らんだ顔をキャプテンらしく引きしめて、部員たちの集まり具合をチェックしている。

準備のためにコートに散っていた部員たちが、小走りでいっせいに彼女のもとに集まる。

きょうの練習は久々に全員が集まった。

市立北町中硬式テニス部。女子部員十八人全員。

「一年生、とりあえずボールはいいから、集まって！」

大声を張りあげると、いつもすこしうわずってしまうキャプテンの声で、ボールの準備をしていた一年生が、わっと駆けよる。コートのネット脇《わき》に、黄色いボールがこぼれたままになる。

太陽が力なくテニスコートを照らしている。きょうの太陽は、照らすのが精いっぱいで、これ以上の仕事は無理です、申し訳ありませんとでも言ってるかのように、空の奥のほうで地味に、かすんだ姿で浮いている。

もう、冬が近づいている。十一月も半ばを過ぎた。

中学に入って、二度目の冬のはじまり。


一度目の冬は、ちなみといっしょに私の両親が住むロンドンに行った。ふたりにとってそれがはじめての海外旅行だった。そして、その計画をたてはじめたのが、ちょうど去年のいまごろだった。

「大英博物館には本物のミイラがあるんだって。これだけは見逃せないよね。どうする？　ピクッて動いたりしたら……」

ちなみは図書館で借りてきたロンドンのガイドブックを片手《かたて》に、次々に行ってみたいとこ、やってみたいことを、ノートに書きとめていた。

赤い二階建てのバスに乗ること。

バッキンガム宮殿で赤い制服の兵隊さんと写真をとること。

ハロッズでおそろいの手提げかばんを買うこと。

パレスシアターでミュージカル『レ・ミゼラブル』を観《み》ること。

私はそのどのアイデアにも大賛成で、興奮して大きくうなずいてばかりいたし、実際、ちなみのアイデアは全部実行されて、全部大成功だったのだ。

あれは、最高に楽しい一週間だった。


「きょうのメニューを発表しまーす」

キャプテンの声に、私はハッとする。思い出にひたっていて、自分でもわかるくらいにゆるんでいた顔をあわててかたくする。

「まずは、ランニングに体操、そのあと、ストレッチ。ボレー十分、クロスラリー二十分……」

キャプテンの、長々としたいつもどおりのメニュー発表の間、私は右ななめ前方に立っているちなみをちらちらと見る。ずっと前髪ばかりをいじっている。さっきロッカーで、前髪切りすぎーって、みんなに冷やかされていたもんね。

私は切りすぎだなんて思わないよ、ちなみ。

そう心のなかでつぶやきながら、私はこっそり微笑《ほほえ》む。

唐沢《からさわ》ちなみ。

私の親友。

私たちは、中学に入学してまもなく入ったテニス部の一年生同士として出会った。週に三日、中学生らしくジャージ姿でテニスをする仲間同士になった。

ちなみは、小学校時代にテニス教室に通っていたので、入部してすぐにコートに入れてもらえる特別な一年生だった。だから、毎日素振《すぶ》りやボール拾いばかりをやらされていた私には、特別なひとだった。すくなくとも、ラケットの握り方から指導され、ボールをラケットにあてることさえままならない私とは、あまりにちがう存在だった。

そんなにちがう私たちなのに、親友になるのにあまり時間がかからなかったから不思議だ。

あれは、基本練習で先輩と組んでミニテニスをしたときのことだった。ボールを指示どおりの位置にワンバウンドさせることができない私に、先輩が業《ごう》をにやして言った。

「日下部《くさかべ》さん、悪いけどあたし、試合前だからちゃんと練習したいの。唐沢さんと代わって」

さすがの私もショックだった。だけど、私の代わりにコートに入るとき、ちなみが小声で言ってくれたのだ。

「香緒《かお》、あとでいっしょに自主トレしない？」

きっかけは、そんなひと言だった。

それから、部活のあとにはかならず、ふたりで自主トレをするようになった。その自主トレは、へたくそな私が相手じゃ、ちなみにとってなんのメリットもないものだったと思う。

だけどちなみは、

「ほかの子より、香緒みたいに真剣にテニスに取り組んでる子といっしょに自主トレしたいんだもん」

と言って、私だけを誘ってくれた。いつもふたりだけで練習をした。

自主トレが終わると、コンビニによってなにか食べながらいっしょに帰った。それが、私たちの習慣になっていった。

夏はアイス、冬は中華まんが、ふたりの定番だった。特に夏の夕方、のろのろと歩きながらふたりで食べるジャイアントコーンは、じんとするほどおいしかった。

私には、テニスの自主トレよりこの帰り道のほうが、ちなみといっしょにいられることのほうが、大事なことになっていった。

もちろんテニスだって真面目《まじめ》に取り組んではいたけど、それよりもなによりも、私には「ちなみ」が一番だった。

しっかりしていて、かわいくて、スポーツだってなにをやっても上手なちなみと親友でいられることは、私の誇りだった。

ちなみが私なんかを選んで、一番の友達になってくれたことが、なによりうれしかったのだ。

いろんなお寺でおみくじばかり引いてまわった、鎌倉《かまくら》。

朝から夕方まで興奮して遊んだ、ディズニーランド。

八時間歌いつづけたこともあった、カラオケボックス。

私たちは、いつも「ふたり」だった。

親がいないのをいいことに、ちなみはよくうちに泊《と》まりにきた。そういう日の私たちは、まるで双子の姉妹のように過ごした。

二年生になっても、私たちは同じクラスになれなかったけれど、ふたりの仲は変わらなかった。新しいクラスメイトとの出会いが、ふたりの仲を変えたりはしなかった。

だれかと仲良しになることが、こんなに楽しいことだったなんて、それまで知らなかった。

私はちなみさえいれば楽しくて、ちなみといっしょにいられればそれで良くなっていた。

「キタチュー！　ファイッ！　ファイッ！」

キャプテンの声に合わせて、校庭のまわりを軽いランニングで走る。冷たいむかい風がほおを打つ。耳もとで風がヒューヒュー鳴る。ランニング程度じゃ、身体《からだ》はちっとも暖まらない。二列にきちんとならんではじまったランニングは、しだいに形がくずれて、まわりの顔ぶれがすこしずつ変わってゆく。

三周目が終わるころ、私の横に偶然ちなみがならんだ。私はなにげなくちなみのほうをむいて、にっこりしてみせる。ちなみは、そんな私に気づかないそぶりで、前をむいて規則正しい呼吸で走っている。そのうち、ちなみの歩幅がすこし大きくなって、私はもう背中しか見ることができなくなってしまう。私はちなみの細い身体が軽く上下に跳ねるのをながめながら走る。

きょうもまだダメか、と思いながら……。

ちなみと口をきかなくなって、きょうで四ヵ月と三日になる。

あれは、今年の六月のことだった。

ちなみが、

「香緒のクラスの梨本《なしもと》くんが好きなんだー」

と、私に打ち明けた。

それを聞いた私は、はりきった。梨本くんに積極的に話しかけて、いろんなことを聞きだした。

クラブは軽音部で、自分のバンドではギターを担当してること。

幼稚園《ようちえん》に入ったばかりの妹を、すごくかわいがってること。

女の子はかわいくて、しっかりしていて、頭のいい子が好みなこと。

甘《あま》いものが好きで、特にどらやきが大好きだってこと。

私は梨本くんのことなら、なんでもかんでもちなみに報告した。ちなみは私の報告を受けると、うれしそうに興奮して、どんな小さいことでも手帳に書きとめていた。

美術の時間にカッターで指をけがしたことや、きょうの靴下の色、なんてことまですべて。

私がちなみに、

「女の子の好みなんて、ちなみにぴったりじゃん」

と言ったとき、ちなみはうれしさを隠しきれずに、いつまでも手帳をながめてにまにましていた。

そうこうしているうちに、私たちは一大決心をした。

梨本《なしもと》くんにちなみの気持ちを手紙で伝えることにした。手紙を渡す日も慎重に選んで、梨本くんの誕生日の七月一日に決めた。

それからというもの、私たちはいつもそのラブレターの文面ばかりを考えていた。書いては破り、書いては破りを繰り返していたのも、楽しい時間だった。

そして、七月一日。私たちは梨本くんを体育倉庫の裏に呼んで、ふたりでちなみの手紙を渡した。緊張のあまり、言葉をなくしているちなみの代わりに、私は言った。

「ここにちなみの気持ちが書いてあるからね。よぉーく読んでね」

やはり、顔を真っ赤にさせて絶句している梨本くんは、私の言葉にうなずいて手紙を受け取ると、逃げるようにその場を去ってしまった。

「ふふふ、梨本くん、きっとトイレの個室でこっそり万歳三唱するんだよ」

緊張がゆるんで大きくため息をついたちなみの背中を、私はポンッとたたいて言った。

「大丈夫だって、絶対にうまくいくよ」

私はふたりのキューピッド役を無事に終えた気分で、すっかり満足していた。

楽しかったのは、あの瞬間までだったなぁ……。

太ももをのばすストレッチをしながら、私はあの日のことを思い返す。

「イチ！　ニ！　サン！　シ！」

キャプテンの機械的な号令に合わせて、私は一年生の山野《やまの》さんの背中を押《お》す。

「先輩、強いっ、イタタタッ、イタッ」

身体の硬い山野さんが、かすれた悲鳴をあげる。ストレッチをするのも、ボレーをするのも、ゲーム形式の試合をするときも、私のパートナーは、いつもたいてい山野さんか、ほかの一年生だ。二年生と組むことはない。

「はい、反対！」

山野さんは息を吐いて立ち上がると、

「仕返しだぁー」

無邪気な声をあげる。そして、地面に足をのばしてすわった私の背中を、勢いよく押しはじめる。私の身体もやわらかいほうじゃない。強く押されるたびに、ピンとつっぱる太ももの筋が、私の顔をゆがませる。

顔がゆがんだとたん、あの日のことを思い出す。

梨本くんは、手紙を渡して一週間たっても、ちなみになんの返事もくれなかった。期末試験が終わっても、そのあとの球技大会が終わっても、ちっとも返事をくれないのだ。

「もう、いいよ。私、梨本くんのことあきらめるよ。返事がないってことは、そういうことだもん」

ちなみはすっかり落ちこんで、そんなセリフを吐いていた。

「そんなわけないじゃん。梨本くんは照れて、どうしたらいいかわからないだけだよ」

私は梨本くんがちなみの気持ちに応《こた》えないなんて、どうしても信じられなかった。

「ちゃんと、梨本くんにきいてみよ」

私は強引に提案した。

「梨本くんは、照れてるだけだから。好みの女の子に告白されて、怖《お》じ気《け》づいちゃってるだけだから」

そうして、ちなみは決心した。

一学期の最終日。遅刻すれすれで昇降口に飛びこんできた梨本くんを捕まえて、手紙の返事はどうなってるのかとふたりで問いつめた。

「オレ、嘘《うそ》はつきたくないんだよ……。正直に、言ってもいいのかぁ？」

予鈴が鳴っているというのに、梨本くんの言葉はもたついて、歯切れが悪かった。

私はすこしイラついた。

「あたりまえじゃん、照れないでバーンと正直に言っちゃいなよ」

私はいい返事がもらえると信じていたので、威勢よく梨本くんをうながした。返事なんか、ひと言ですむのだ。手紙には、はっきりと「つきあってほしい」と書いたのだ。返事は、よろしくとか、喜んでつきあうよ、とかでいいのだ。なのに、

「オレは……」

「はっ？　なに？」

私は、イライラしてまくしたてた。早くしないと、朝のショートホームルームがはじまってしまう。

「唐沢の気持ちは、うれしいけど、オレ……ほかに好きな子がいるんだ……」

そう言うと、梨本くんは私を見た。あのとき、一瞬、ドキッとした自分がいて、それから、なにがなんだかわからなくて、私、あわててうつむいてしまった。

しばらく、沈黙がつづいた。

「梨本くんは香緒が好きなんだよね。そうでしょ？」

そう言ったのは、ちなみだった。私はハッと顔をあげた。そして、梨本くんの返事を待った。

「そんなわけないじゃん」

っていう、梨本くんの言葉が聞けるはずだった。

だけど、梨本くんは返事をしなかった。

その代わり、

「いいよ。わかった」

ちなみの声がした。そして、ちなみが静かにその場を去ってゆく。

「ちなみ」

私はあわてた。

「ちなみ、私、梨本くんのこと全然、興味ないからね」

私はちなみの背中にむかって言った。

「あたし、梨本くんなんて、好きじゃないからね」

だけど、ちなみは返事をしてくれない。後ろ姿を見せたまま、すたすたと自分の教室にむかってしまう。私は、あせった。

「ちなみ！」

私は背後からちなみの肩をつかんで、無理やりこっちに振りむかせた。ちなみが無表情のまま立ち止まって、私を見つめる。そして、弱々しく笑って言うのだ。

「べつに、私はかまわないよ」

なにがかまわないのか、わからない。

「せっかくだから、香緒、梨本くんとつきあってみればいいよ」

なにがせっかくなのか、わからない。

「きっとお似合いだよ」

ちなみの笑顔が、とたんにゆがむ。私はますますあわてた。

「なに言ってるの？　私は梨本くんなんて、なんとも思ってないもの。全然興味ないもの」

「でも、梨本くんは香緒をいいと思ってるわけだし、つきあってみれば好きになるかもよ。私のことなんて気にしなくていいからさ」

ちなみは私と目を合わせないくせに、声の調子だけを軽くしてつづける。

「そんな気、全然ないって言ってるじゃん！」

「ほんと、私のことは気にしなくていいからさ」

とりつくしまがなかった。私の言葉が、全然ちなみに染《し》みこまない。

「ちなみ！　私の言ってること、ちゃんと聞いてよ！」

私は、声を荒《あら》らげて言った。

なのにちなみは、じゃあと言いながら、そのままひとりで私から逃げるように去ってしまった。

だからそのときは、私もそのまま自分の教室にもどるしかなかった。

終業式の間、私は考えた。

私は梨本くんには興味がなくて、つきあうつもりがないこと、ちゃんとちなみに言ってある。きっとちなみもすこし落ち着けば、またいつもどおりのちなみにもどって、

「さっきは、へんなこと言ってごめんね。いっしょに帰ろ」

なんて、明るい顔で言ってくれる。

私はそう思って、終業式が終わるといつものように教室でちなみを待った。テニス

のない日でも、ちなみが私を教室に迎えにきて、いっしょに帰る。それがふつうのことだったから。

だけどあの日、ちなみは私を迎えにきてくれなかった。あんまり来ないから、ちなみの教室をのぞきにいったら、ちなみはもう帰ってしまったあとだった。

ちなみがそんなことをするのははじめてで、私はとまどったけど、急ぎの用事でもあったのだろうと思うことにした。

その夜。私はちなみからの電話を待った。あしたからはじまるテニス部の夏期練習にいっしょに行くために、待ち合わせ時間を決めるはずだったのだ。

私は待った。深夜まで待った。いくら待っても電話が鳴らない。私は、どうせあした部室で会えるからいいや、と思うことにした。

次の日。練習のはじまる時間に部室に行くと、ちなみはもう来ていた。

そして私が「おはよう」って声をかけると、ちなみは聞こえないふりをして、私から離れてしまった。

さすがにもう、ごまかせなかった。

ちなみが私を無視しはじめたことを、認めないわけにはいかなくなってしまった。

そしてあれ以来、ちなみは私と一度も目を合わせてくれない。一度も口をきこうとしてくれない。

おまけに、ちなみと私の関係が壊れたことに気づいたテニス部の二年女子全員が、なんとなく私に冷たくなった。

ちなみは失恋のことをだれにも話してないようだったけど、エースプレイヤーのちなみが避けている私と仲良くするのは、ヤバイことだとみんなは判断したのだと思う。

しかも、私に冷たくすることで、いまやテニス部の二年女子は、結束が固くて有名になった。キャプテンを中心に、仲が良くてまとまりがあると、先輩たちでさえうらやましがるほどだ。

敵がいると、団結しやすい。そんなの小学校でみんな経験ずみ、わかってること。だから、テニス部の二年女子は願ってもない敵があらわれたことで、安心して団結しているのだ。

そうして私はいま、テニス部の二年女子のなかで、静かに孤独な時間を過ごしている。

自分から私に声をかけてくる子はいなくなったし、クラブが終わって帰るときも、私はいつもひとりきりだ。私はいつも一年生としかペアを組まされないし、新しいユニフォームを決める会議にも誘ってもらえなかった。夏の合宿でも、二人一組で入るお風呂に私だけはひとりで入ったし、最後の夜の花火大会のときも、私には腐るほどある線香花火しか配られなかった。

そんなふうに、私は後輩たちにさえ気づかれないまま、ささやかにみんなからはずされている。

それでも私は、テニス部の練習にちゃんと出てるし、教室でもうまくやっている。成績もそんなに悪くないし、一見とどこおりなく中学校生活を送っている。

私は待っているのだ。いま、ちなみが私と口をきこうとしてくれないのは、梨本くんにふられて、おまけに梨本くんがいいと思ってるやつがたまたま私で、それでなんとなくバツが悪くて、私を避けているだけだ。だから、いつかちなみの失恋の傷が癒《い》えて、また、仲良くしようよって言ってくれる日は、かならず来る。

いっしょにいると楽しくて、素直になれて、ちなみにならなんでも話せた。落ちこんでるときはなぐさめてくれて、うれしいときは自分のことのようにいっしょに喜んでくれた。

ちなみは、そういう友達だった。

こんなトラブルで、私たちの仲がダメになるなんてイヤだ。きっといつか、私たちの仲はもとどおりになるはず。私はそう信じている。

だから、私はテニス部をやめないし、不登校になったり、仲間はずれにあってることを先生に訴えたりしない。静かに、騒ぎたてずに、待っている。

ボレーがはじまった。私と組むのは、やっぱり一年生の山野さん。

「お願いしまーす」

山野さんが黄色いボールを軽くかかげて、明るい声を出す。だけど、ボールは彼女のラケットの面で大きく跳ねて、私の頭上を越えて飛んでいった。

「スイマセエーン！」

反省のかけらも感じられない声が、ボールを追いかける私の背中に投げられる。

ボールはコートサイドの柵《さく》まで跳ねると、ピタリとそこで止まった。まるでそこが自分の住処《すみか》みたいな顔をして、雑草の間にスポッとはまっている。私は腰をかがめてそのボールをつかむと、勢いよく取りあげた。そのとたん、指に鋭い痛みが走る。草で指がすこし切れたようだった。血は出ていない。ただ、指に薄く線が入っただけ。こういう傷は意外に痛い。私はその傷をさすりながらコートにもどった。

山野さんはしゃがんで、ネットにしがみついて私を見ている。まるでエサを待ってるオリの中のチンパンジーのようだ。ふざけてばっかりいるのんきな一年生を相手に、私は大声を張りあげた。

「はい、いきまーす！」

私は指の傷が冷たい空気にしみるのを感じながら、ボールを空中に小さく放《ほう》った。

2

私の家は、東京の八王子市《はちおうじ》にあるマンションの五階にある。いま私は、そこで知里《ちり》ちゃんとふたりで暮らしている。中学二年の私、日下部香緒と二十四歳の大学院生であるいとこの槙瀬《まきせ》知里ちゃんとふたりきりで。

正確にいうと去年の三月、私が小学校を卒業したその月に、父さんが仕事のつごうでロンドンに赴任することになった。

はじめは、父さんだけが単身赴任することになっていた。たったの二年で帰ってくる予定だし、私がいっしょに行ったら高校受験に支障がでるだろうということで、母さんと私は日本に残る。そう決まっていた。

だけどちょうどそのとき、いとこの知里ちゃんから、東京の大学院に進むことになったので、うちに下宿させてほしいという申し出があった。父さんはロンドンに行っちゃうし、ちょうど空いてる部屋もある。家族がふえるみたいでいいよね、ということでうちは喜んで迎えることにした。そのとたんだった。

母さんが、

「実はこの機会にイギリスで英語をちゃんと身につけて、もう一度仕事がしたいんだけど……」

と言いだしたのだ。ふだんから近所の教会の英会話教室に通い、私が生まれる前は会社で秘書の仕事をしていたという母さんらしい発想だった。両親は、知里ちゃんはもういい大人だし、大学院でドイツ文学を研究するような優秀な女性だ、家と私のことは充分にまかせられる、と判断した。そしてまた、知里ちゃんも快くその役目を引き受けてくれた。

ということで、ふたりは私を日本に残して、あっさりとロンドンに飛びたってしまった。ずいぶん楽天的な親を持ったものだと思う。あんまりあっさりしていて、しばらく実感がないほどだった。

そうして遅咲きの桜がまだ美しく校庭を飾っていたころ、私と知里ちゃんのふたりきりの生活がスタートした。

私と知里ちゃんはいとこ同士といっても、会うのははじめてみたいなもんだった。知里ちゃんは、

「十年ぶりの再会ね」

なんて言ってたけど、もちろん覚えているのは知里ちゃんだけで、私は小さかったので記憶にない。

知里ちゃんは、とてもおしとやかで優しくて、ほっそりとした素敵なお姉さんだった。「大人の女性」って感じがして、私は知里ちゃんをすぐに気にいった。

私は私で、中学校の制服に身を包んで、すこし大人になった気分だったし、なんといっても親といっしょに暮らしていないことが、格好いいことのように思えて、知里ちゃんとふたりではじめる生活なにもかもが、うまくいくような気がしていた。

そして実際、うまくいっていたのだ。

知里ちゃんとふたりで暮らしはじめるとき、家事は分担するように、母さんから言いつけられていた。

「知里ちゃんばかりにやらせちゃだめよ。あなたも女の子なんだから」

母さんは私にそう強く念を押した。でも、知里ちゃんは、

「ただで下宿させてもらっているのに、家事くらいちゃんとやらないと申し訳ないわ」

と言った。知里ちゃんは義理がたいというか、律義《りちぎ》というか、ものすごくきちんと

しているのだ。そんな知里ちゃんの性格のおかげで、家の中はいつもピカピカだし、私の制服のブラウスもかならずアイロンがビシッとかかっている。

知里ちゃんの作る食事は、母さんとちがって手抜きがなくておいしいし、私のキライなものがちゃんとメニューからはずされている。ふたりで夕飯を食べるときも、見たいテレビは私に選ばせてくれて、私たちはいっしょに笑ったり、文句をつけたり、ときにはちょっと泣いたりした。

私が学校であったことを話せば、興味深く聞いてくれるし、宿題でわからないところがあれば教えてくれた。ちなみが遊びにきたり、泊まりにきたりしたときだって、嫌な顔ひとつせず、三人分の食事を作ってくれたり、いっしょにトランプをしたりして楽しく過ごした。

だから、ちなみが私を避けはじめたとき、知里ちゃんは敏感にそれを察知したのか、頻繁に「ちなみちゃんは元気？」とか、「最近は泊まりっこしないの？」とか、「ケンカでもしてる？」なんて気づかってくれた。

そんな知里ちゃんの優しい言葉に、私はつい本当のことを話したくなったけど、ぐっとこらえた。

私は静かにちなみを待ちたかった。あしたにでも仲直りできるかもしれないのに、知里ちゃんに本当のことを話して心配されたら、おおげさになってしまう。

私はちなみが髪を切ったことや、試合で勝ったことなんかを話して「いつもどおり」をアピールした。すると知里ちゃんも、しだいにちなみのことを話題にしなくなっていった。

私がちなみとうまくいってないことをのぞけば、ふたりの生活はとてもおだやかだった。毎日がきちんと平凡に過ぎていった。

だけどある日突然、そのおだやかな生活に侵入者がやってきた。

それは、東京の、しかも八王子方面のみに、早すぎる雪が降った日のことだった。

「ただいま」

テニス部の練習が終わって、凍えながらうちに帰ると、若い女のひとがリビングで泣いていた。ソファーにすわって、ブルーのタオルに顔をうずめて、しゃくりあげている。そのひとのとなりでは、知里ちゃんがお茶を飲んでいた。

「おかえりなさい」

知里ちゃんがこまった顔をして、私を見上げた。

「寒かったでしょ。いっしょにお茶を飲まない？」

知里ちゃんがそう言うと、そのひとは顔をあげて私を見た。そして、手に持ったタ

オルで顔をごしごしふいて、

「こんにちは」

と、恥ずかしそうににっこりした。泣きすぎのひどい顔をしていて、その笑顔は痛々しかった。私はとりあえず、頭をさげてあいさつをしてみた。それから、知里ちゃんにうながされるまま、ソファーにすわった。ホットカーペットの暖かさが、足さきにしみる。

「こちら、正木《まさき》るう子《こ》ちゃん。私の金沢《かなざわ》の高校時代の友達なのよ」

私は、へぇーとちょっと驚いた。長い髪を三つ編みにしているせいか、知里ちゃんよりも、年下っぽい。

「あのね……」

まだしゃくりあげるのを止めることができないるう子ちゃんのとなりで、知里ちゃんは私のぶんのハーブティーをいれながら、話しはじめた。

「るう子ちゃん、失恋したんですって」

私は、いきなり投げられた痛そうな言葉に面食らった。

「るう子ちゃんの彼はここ一年、東京で働いていてね。でも、るう子ちゃんは金沢に住んでるでしょ。ふたりはずっと、遠距離恋愛だったの」

知里ちゃんは、私にカップを差しだしながらつづけた。

「るう子ちゃんは去年の三月に大学を卒業してからずっと、アルバイトをしながら、彼が帰ってくるのを待っていたの。彼と結婚するつもりでね」

私は初対面の人のこんなシリアスな話を聞かされて、心地が悪かった。るう子ちゃんは心を静めようとしてるのか、おおげさに深呼吸ばかりしている。

「でもおととい、彼から電話があって、別れようって言ってきたんですって。ほかに好きなひとができたんですって。三年もつきあったのに、突然それだけ言って、電話は切れてしまったんですって」

知里ちゃんの説明は、とてもシンプルだった。声もあくまで冷静だった。

「でも、るう子ちゃんはどうしても彼ともう一度会って、ちゃんと話をしたいんですって。どうして、るう子ちゃんがいるのに、ほかのひとのことを好きになるのか、納得がいかないんですって」

るう子ちゃんも、知里ちゃんのとなりで背筋をピンとのばしだした。

「だから、その彼とちゃんと決着がつくまで、私の部屋に泊めてほしいってお願いされちゃって……。私は下宿させてもらってる立場だからって、言ってるんだけどね……」

知里ちゃんが、ふたたびこまった顔を見せた。

「よろしく、お願いします！」

知里ちゃんの言葉につづいて、るう子ちゃんがテーブルにおでこをこすりつけるようにして頭をさげた。私は考える間もなく返事をした。

「いいよ。だって、知里ちゃんの友達なんでしょ」

私の言葉に顔を明るくしたのは、るう子ちゃんだった。そして、ばたばたと私に近づいてきて、

「ありがとう！　ありがとう！　ほんっと、ありがとね！」

と叫びながら、私の手を取ってぶんぶん握手をした。それから、

「ああ、これで一歩前進だよね」

と、知里ちゃんにうなずいてみせた。

「香緒ちゃん、本当にいいのかしら？」

知里ちゃんがこまったままの顔できくので、

「いいに決まってるじゃん。大歓迎だよ」

私は知里ちゃんを安心させるために、すこしおおげさな言葉をつかった。知里ちゃんの友達をしばらく泊めるくらい、なんでもないことだ。なのに、知里ちゃんの表情

は、ますます暗くなってしまう。

私はこのとき、まだこれからはじまるるう子ちゃんとの生活をまったく予期していなかった。

さっそく荷物の整理をはじめているるう子ちゃんの横で、知里ちゃんの表情が暗いことが気になるだけだった。

るう子ちゃんは、知里ちゃんの部屋に布団《ふとん》をしいて、寝泊まりすることになった。母さんたちの部屋が空いてるのだから、そっちを使えばいいのにと私が言っても、

「だめよ。るう子ちゃんも私も、居候《いそうろう》なんだもの。おばさまたちの寝室を使うわけにはいかないわ」

知里ちゃんは、そう頑固に断る。るう子ちゃんは、

「でも、香緒ちゃんがいいって言うんだし……」

と使いたそうにしていたけど、知里ちゃんがそれを許さなかった。しかも、布団もわざわざ近所のスーパーで購入するという。

るう子ちゃんに対して、知里ちゃんは律義というよりも厳しかった。るう子ちゃんが、

「どのくらいお世話になるかわかんないけど、知里ちゃんが学校に行かないといけな

い火曜日と水曜日と金曜日だけは、私に家事をまかせてよ」と申し出てくれたときも、知里ちゃんは最後まで反対した。それでもなお、お世話になるだけじゃ申し訳ないとねばるるう子ちゃんに、私は一日だけ家事をお願いしてみることを提案した。

その結果、知里ちゃんの反対は正しかった。掃除機をかければ障子に穴をあけ、洗濯をすれば白いシャツが緑色に染まり、お料理をすれば、じゃがいもが生煮えだったり、舌がしびれるほど辛かったりした。

「ごめんね、ごめんね、ごめんね」

土下座する勢いで謝るるう子ちゃんに、知里ちゃんは言った。

「やっぱり、私がするわ」

知里ちゃんのすこし怒ったような言い方が、私には意外だった。

そんなこんながあって、生活が落ち着くのにすこし時間がかかったけど、るう子ちゃんの失恋の理由を追及するという活動は、本当にはじまったようだった。

ある夜のこと。

「香緒ちゃん、川崎《かわさき》ってどうやって行くのかなぁ」

期末試験の勉強をしてると、るう子ちゃんがノックもなしに部屋に侵入してきた。

「川崎？」

私は椅子《いす》をくるっとまわして、るう子ちゃんのほうをむいた。するど、るう子ちゃんの顔が真っ白だった。白くてべっとりとしたものが顔一面を覆っている。私がびくっとすると、

「パックよ、パック」

そう言って、手をパタパタさせて顔に風を送っている。

「豪助《ごうすけ》の会社が川崎にあるんだけど、ここから川崎ってどう行ったら近いか教えてくれないかなぁ」

るう子ちゃんは、ガイドブックに載ってる路線図を私に差しだすと、私の椅子におしりを半分乗せてくる。

「るう子ちゃんの彼は、豪助っていう名前なの？」

私は、その路線図をのぞきこみながらきいた。

「そう、伊東《いとう》豪助。いい名前でしょ？」

るう子ちゃんが自慢げに言う。パックをしているところを見ると、るう子ちゃんはまだ全然あきらめてないのだ。彼の心がもどってくることを信じているのだ。私はす

こし切ない気持ちになった。

「私、川崎なんて行ったことないからわからないなぁ。知里ちゃんのほうが詳しいんじゃないのかなぁ」

路線図はまるで複雑にからまった糸みたいで、目がちかちかした。

「知里ちゃんもよく知らないんだって」

「ふうん……」

私にはいつも親切な知里ちゃんが、るう子ちゃんにあまり協力的じゃないのは、意外だった。

「きのうはまる一日、豪助のアパートと携帯に電話をかけつづけたんだけど、アパートは留守電のままだし、携帯は電源が入ってないみたいだし、捕まらないんだ」

るう子ちゃんは、マニキュアをぬったばかりのきれいな指で中央線《ちゅうおうせん》をなぞりながら報告した。

「だから、きょうは一日アパートを捜してみたんだけどね。住所が大田区《おおたく》までしかわかんなくて捜せなかったの」

「大田区だけを頼りに捜したの？」

「うん、ずっと電話だけで連絡とりあってたから、こまかい住所知らなくて……。それにしても、東京ってやっぱり広いよね。全然、わかんなかった。せめて、アパートの名前と最寄りの駅を知ってればなんとかなったかなぁ……」

るう子ちゃんは素朴な調子できくけど、私は答えにつまってしまった。るう子ちゃんってパワフルというか、無謀というか、無知というか、変わったひとだと思った。

「ああ、やっぱり、立川《たちかわ》で南武線《なんぶせん》に乗り換えて行くのが一番近いかなぁ」

るう子ちゃんがパッと顔をあげて、白い顔をにんまりさせる。

「う、うん。それが一番早いと思うよ」

私も合わせて、にっかり笑った。るう子ちゃんは大きくうなずくと、

「会社は駅前にあるって聞いたことあるから、簡単に見つかると思うんだ。それであたしは、会社の前で待ちぶせするの。営業職で、会社の出入りが多い仕事だからね。けっこう、簡単に捕まると思うのよ。あたし、がんばるね」

と言って、ガッツポーズをつくってみせる。

「がんばってね」

私もいっしょにガッツポーズをつくってあげた。なんて無邪気なひとだろうと思った。

「あっ、ごめんんね。勉強のじゃましちゃって」

るう子ちゃんは、パックの具合を確かめながら立ち上がった。私は「いえいえ」と言いながら、笑顔をつくって、るう子ちゃんを見送った。

私には、るう子ちゃんがやろうとしていることは逆効果のように思えた。しつこくしたら、ますます逃げられる。もう豪助には好きなひとがいるわけだし、いまさらなにをしても無理だと思う。

でも、そんなアドバイスをするのは、よけいなお世話かもしれないし、私の役目じゃない。

私はシャーペンを持ちなおして、英語のノートを開いた。

ふと、ちなみを思い出す。

ちなみが梨本くんを好きなままだったら、るう子ちゃんみたいにあきらめてなかったらどうしようと、急に不安になったのだ。

「まさかね……」

私は頭をぶんぶん振った。もし、ちなみが梨本くんを好きなままで、だからいつまでたっても私に気まずい思いをしてるとなると、私たちの仲はずっとこのまま？　いくら待っても、ちなみと私の仲はもとにもどらない？

私は、あわててノートに英単語を書きなぐる。

そんなの、絶対にイヤ。

私は待ってるのに、私たちの仲はもうすぐもとどおりになるって信じてるのに……。

私はその夜、自分の不安をかき消すかのように、英単語を書きまくった。手が痛くなるほど、ノートいっぱいに繰り返した。

3

次の日。

学校から帰ると、るう子ちゃんがキッチンのテーブルの上で、正座をして腕組みをしていた。るう子ちゃんのひざもとにはシステム手帳が置いてあって、それをじっとにらみつけている。知里ちゃんはまだ大学から帰ってきていないようだった。しんとしたキッチンで、テーブルの上で正座する女、るう子。その姿は不気味だった。私はどう反応していいか、こまった。ただこまったまま、キッチンの入り口で口をきけずにいた。すると、るう子ちゃんは顔をあげて、真正面の食器棚を見つめて言った。

「おかえり、香緒ちゃん」

そして、ゆっくりと横に首を回転させると、キッチンの入り口にいる私を見て、にっこりした。完全に作り物の笑顔だった。私はとっさに、きっとるう子ちゃんは豪助にぼろぞうきんみたいにふられてきたんだ、けちょんけちょんにふられてきたんだと判断した。

これは、気をつけないといけない。こんなところで手首でも切られたらたいへんだ。私は、さわらぬ神にたたりなしという心境で、極力ふつうにあいさつをした。

「ただいま」

そして、私も笑顔をつくる（右ほおばかりに力が入ってしまい、本当に笑顔になったか、自信がない）。

「学校はどうだった？」

るう子ちゃんは、また食器棚のほうに顔をもどしてきく。

「えっ……」

私はドキッとして、答えにつまる。きょうの三時間目がはじまる直前に起こったことを思い出す。

それは、西校舎の女子トイレでのことだった。私が用をすまして個室から出てくると、手洗い場でちなみがコンタクトを洗っていたのだ。トイレには、ほかにだれもいなかった。

これはビッグチャンスだった。

私たちはあれから、四ヵ月と十八日間、一度も口をきいてないし、こんなに完璧《かんぺき》な状態でふたりきりになる機会は、一度もなかった。でも、私はずっとふたりきりになるチャンスを待っていた。ふたりきりになれば、ちなみも私に話しかけやすいだろう。

私は、ああ、とうとうこの日が来たと思った。きっとちなみだって、このときを待ってたはずだ。私の胸は喜びで弾みすぎて、ドクドクと大きく鳴り響き、トイレはひどく寒いのに、身体がカーッと熱くなる。

私は意を決して手洗い場にむかった。ちなみを横目でちらちら見ながら、ちなみの言葉を予想した。

「香緒、また、いっしょに遊ばない？」

そんな言葉を待った。

だけど、

「あっ」

ちなみが小声をあげた。

「えっ？」

私はちなみのほうに顔をむけた。ちなみが自分の手もとを見つめたまま、固まっている。

「コンタクト……」

「流しちゃったの？」

私はあわてて水道の蛇口を締めた。

「うん……」

私たちはあわてて流しに顔を近づけて、手さぐりでコンタクトを捜しはじめた。私がいっしょに捜しはじめても、ちなみは私になにも言わなかった。私たちは無言のまま、丁寧に丁寧に指の腹を使ってコンタクトをさぐった。水滴が全部コンタクトに見えて、捜すのはとても苦労だったし、もう流れてしまった可能性もあった。そのうち、次の授業がはじまるチャイムが鳴ったけど、それでも私たちは捜しつづけた。

「あったぁ……」

チャイムが鳴って何分かが過ぎたころ、ちなみがほっとした声でコンタクトのついた人差し指を見つめた。私もほっとため息をついた。ちなみはコンタクトを水で洗いながら、小さなかすれ声で、

「アリガト」

と言った。だけどコンタクトを瞳《ひとみ》にもどすと、そのままトイレを出ていってしまっ

た。それだけだった。ちなみはそれ以上のことはなにも言わずに、トイレに私を置き去りにした。

それから私はきょう一日、その出来事で頭がいっぱいだった。繰り返し流れるその映像は、終わると自動的に巻きもどされ、またはじまる。なんとかそこから、ちなみの私に対するいまの気持ちを読み取りたかった。

もし、まだバツが悪いなら、いっしょにコンタクトを捜すことを拒否したんじゃないか。でも、ちなみは私の顔を一度も見なかった。やっぱり、まだ失恋の傷は癒えてないのだろうか。

何度再生しても、わからない。ちなみの気持ちは読めない。出来事があまりにささやかすぎてわからない。


「あたしはね。豪助に会えたよ」

私が質問に答えられずにいると、るう子ちゃんはかまわずに自分のことを話しだした。キッチンの窓から西陽が射しこんで、るう子ちゃんを赤く照らしている。

「だけど、話はできなかったの」

るう子ちゃんは私に横顔を見せたまま、冷静な口調でつづける。

「会社から豪助が出てきたのを見つけたとき、ドキッとして、胸が、切れてしまいそうなほど痛かった」

私は、その話を静かに聞いていた。

「会社から出てきた豪助が、自分とはちがう世界にいるひとのように見えて悲しかった。ああ、仕事してるんだもの、じゃましちゃいけないって思って、でも、そのまま帰ることもできなくて、あたし、豪助のあとをこっそりつけたの」

るう子ちゃんはそこで大きくため息をつくと、ひざもとにあるシステム手帳を手に取った。茶色い革製の、よく使いこまれた小さな手帳だった。爪《つめ》のあとがたくさんついている。

「途中、豪助が駅前にある電話ボックスに入って、電話してたの。だからあたし、となりの電話ボックスに入って電話するふりしたのね。豪助はあたしにちっとも気がつかないで、仕事の話をしていたみたいだった」

るう子ちゃんが手帳を開く。

「電話が終わったらね。豪助、この手帳をその電話ボックスに忘れていってしまったの」

それから、手帳をゆっくりゆっくりめくりはじめる。しんとしたキッチンに、紙と紙がこすれる音だけが響く。

「豪助、手帳なくして、いまごろこまってるのかなぁ。でも、たいしたことは書いてないのよ」

るう子ちゃんはテーブルからおりて、私に近よってきた。

「でもほら、ここを見て」

そして、私に手帳の十二月のページを見せる。るう子ちゃんの指先がクリスマスイブをさしている。

「午後七時、ハロイドパーツ」

るう子ちゃんが読みあげる。そして、その手帳のポケットから一枚のカードを取りだして、

「ほら、ここのことだよ。ハロイドパーツってイタリア料理のレストランのことなのよ」

と、探偵みたいに声をひそめる。

「これって、この日、この時間に、ここで、食事をするってことよね」

るう子ちゃんは、私ににじりよって言った。じとっとした目つきが、同意しろと言っている。

「う、うん」

私は、るう子ちゃんの不気味な気迫に押されてうなずいた。

「ここに、この時間に行けば、豪助と会えるってことだよね」

「う、うん、そうだね」

るう子ちゃんの異様な迫力に、私は固まるばかりだった。

「これってあやしいよね。クリスマスイブに、お得意さんと食事ってわけないし……」

マンガやテレビドラマでしか見ないような展開に、私は胸をバクバクさせた。それって、豪助が新しい彼女とイブの夜に食事をするってことだ。

「香緒ちゃん」

「は、はい」

るう子ちゃんの顔が、ますます私に近づいてくる。

「クリスマスイブの予定は？」

「その日は、終業式、です」

「そのあとは？」

「特に……」

「予定はないのね」

「はい」

るう子ちゃんの顔がますます近づいてきて、耳もとがるう子ちゃんの息で生暖かい。

「じゃあ、つきあってくれる？」

るう子ちゃんがにんまり笑う。それは超、不気味だった。

「えっ？」

嫌な予感がした。

「このお店、さっき予約したの」

「予約？」

私は眉《まゆ》をひそめてきいた。

「そう、同じ日の同じ時間に予約入れといたから。ここで三人でいっしょに食事しよう。知里ちゃんには、まだつごうきいてないんだけど、とりあえず、三人で予約しといたから」

そこまで言うと、るう子ちゃんは急に目つきをきりっとさせた。

「あたし、はっきりさせないと気がすまない性格なの。豪助のイブの予定を知ってしまった以上、じっとなんてしてられない。豪助がいったい、どこのどいつとイブの夜に食事をするのか、相手はだれなのか、それをどうしてもこの目で確かめたいのよ」

私は、そんなことしてどうするんだろうと思った。ふだん、マンガやテレビドラマを見てれば、豪助の食事の相手は「新しい好きな子」だってことぐらい、猿でもわかることだ。

私はとたんに憂鬱《ゆううつ》になった。イブの夜に修羅場《しゅらば》を見ることは、もう確実だ。るう子ちゃんはテーブルの椅子に腰かけて、システム手帳をペラペラとめくっている。るう子ちゃんの私への用事は、もうすんだようだ。

私は自分の部屋に行こうとした。だけど、ふと、とどまった。

「ねえ、るう子ちゃん」

ちょっと知りたくなったのだ。

「なぁに？」

るう子ちゃんはシステム手帳から目を離さない。

「どうして、テーブルの上にすわってたの？」

素朴な疑問だった。あんな不自然な場所にどうしてすわっていたのか、なんの意味があったのかきいてみたかったのだ。すると、るう子ちゃんは、手帳から顔をあげて言った。

「演出よ」

「演出？」

るう子ちゃんの話は、いつでもするするとはのみこみにくい。

「そう。ふられた女にふさわしいし、印象的でしょ。夕陽の射しこむキッチンで、テーブルの上にすわってる女って……。ベランダから香緒ちゃんが帰ってくるのが見えたから、あわてて考えた演出なの。なかなか絵になってたでしょ。あたし、大学で美術をやってたから、そういうのこだわるの」

私はふうんと鼻を鳴らして、さりげなく部屋にもどった。納得はしていない。理解もできない。ただ、へんなやつと思った。

部屋のドアを閉めて、制服からふだん着に着替える。そして、どさっとベッドに倒れこむ。こうすると、ああ、きょうも一日をなしとげたという気分になる。そして、そのまま夕飯までうとうとするのが、私の毎日の習慣だ。

だけど、きょうはベッドに倒れこんだとたんに、ちなみとの一件がよみがえる。また、あの映像がはじまる。残念ながら、るう子ちゃんの演出は、ちなみとの出来事に勝てない。

だけど、何度繰り返されても、ちなみの気持ちも、私たちの関係がどうなってるのか、どうなってゆくのかも、全然わからない。想像つかない。

こんどはいつだろう。いつ、あんなふうにふたりきりになるチャンスが来るだろう。

こんどはちなみ、なにか言ってくれるかなぁ……。

私はベッドの上で、いつまでもきょうの出来事を頭のなかでながめていた。それは、どんなに繰り返されても飽きない、貴重な映像だった。

4

期末試験がやってきた。体育や音楽まで筆記試験があって、やたらハードなのが期末試験だ。今回の家庭科なんて、筆記試験のほかに布をまつり縫いする実技テストまであった。しんとした教室で、全員がチクチクと必死で布をまつってる風景は、こっけいだった。

期末試験最終日。すべての試験が終わって、とりあえず私はほっとしていた。でも、きょうからまた、試験中は休止していたクラブ活動が再開する。テニス部での孤独な生活がはじまる。

「香緒ちゃん、試験、どうだった?」

私が、廊下で自分のロッカーからラケットやジャージを用意していると、クラスで仲良くしてる美樹《みき》ちゃんとコバちゃんが声をかけてきた。

「うーん、あんまりできなかった。私、塾に行ってないしね」

私が苦笑いすると、ふたりもこまったように笑う。

「あたしたち、やっと試験終わったし、ショッピングに行こうと思ってるんだけど……香緒ちゃんも、もしよければ、いっしょに行かない？」

ふたりの誘い方は、誘っているというより、試してるという感じだった。

「でも、私、クラブあるし……」

私の返事も、また、あいまいで頼りない。

「サボっちゃえば？」

コバちゃんがこぶしをあげて、冗談っぽい元気さで言った。だけどすぐに、私のようすを慎重にさぐっている。

「うーん」

私がこまった顔をすると、

「いいよ。大丈夫。またこんど行こうね」

美樹ちゃんが、あわてて親指と人差し指でマル印をつくる。コバちゃんも口の端をもちあげて、私を見ている。

「ごめんね」

私たちはゆるく手を振って別れた。

彼女たちとは、二年生になってはじめて同じクラスになった。最初に、席が近くて、それでなんとなく親しくなった。クラスの外では、まだ一度もいっしょに遊んだことがないけど、それを理由に私を仲間はずれにしたりしない。なかなか誘いにのらない私に、いつも優しい。

ありがたいなって思う。悪いなって思う。だけど彼女たちと本当に仲良くなったら、もう二度とちなみと親友にもどれない気がする。

なるべく、ちなみと同じ空間にいたい。練習をサボったりして、ちなみと仲直りするチャンスを逃したらこまる。いつまた、ちなみとふたりきりになれるチャンスがやってくるか、わからない。それが、きょうかもしれない。そう思うと、窓の外はからっ風が強く吹いていてすごく寒そうなのに、私は練習をサボれない。

私はロッカーからジャージとラケットを取りだして、部室に行こうと足を踏みだした。

そのとき。

「日下部」

こんどは、低くて野太い声が私を呼んだ。声のするほうをむくと、梨本くんだった。

「はい」

私は、とっさに緊張した。

ちなみとの一件以来、私は梨本くんをずっと避けている。それまでは、ちなみに情報提供するために、けっこう仲良くなっていたのに、いまは完璧に避けていた。気にいられてると知って、へんに意識してしまったというより、私は梨本くんをすこし恨んでいた。だって、梨本くんがちなみの気持ちに応えてれば、こんなことにはならなかったのだ。

それに、梨本くんと仲良くしてて、ちなみに誤解されるのも怖い。梨本くんもそれをよくわかってるのか、私に特別話しかけてくることもなかった。

なのに、

「ちょっとさあ、頼みごとがあるんだけど、いい？」

梨本くんはそう言って、短く刈りこまれた頭をさすっている。

「はあ……」

私はあたりをちらちら見まわしながら、あいまいに答えた。ちなみにこんなとこ見つかったら、へんに誤解されてしまう。私は梨本くんの頼みごとより、それが気になってしようがない。

「じゃあ、五分後に視聴覚室の準備室に来てくれよな」

梨本くんは、私の気持ちを見透かしているのか、そう言うと、ズボンのポケットに手を入れて、寒そうな後ろ姿で去っていった。返事はしなかったけど、行くしかないかなと思った。一応、気をつかってもらったみたいだし。

それにしても、視聴覚室の準備室とは、変わった場所を選ぶものだ。鍵《かぎ》は開いてるのだろうか。

私は面倒なことにならなければいいなと思いつつ、ジャージとラケットを抱えて視聴覚室にむかった。廊下ですれちがう子たちの顔が、やけに明るい。試験が終わって、あとは冬休みを待つだけなので、気分は晴ればれってとこなのだろう。だけど、窓の外の強風はやむ気配がない。はだかの桜の木の枝がムチのようにしなって、そのすきまを枯れ葉が数枚狂ったように飛びまわってる。

三階にある視聴覚室が見えてきたところで、梨本くんが軽音部だったことを急に思い出した。

学校内に二つある音楽室は正統派の合唱部とブラスバンド部に占領されていて、軽音部の部室は視聴覚室の、しかも準備室なんだと、前に梨本くんがぼやいてたっけ……。

白い引き戸をゆっくり開けてみる。準備室は、確かにいろんな楽器が雑多に置いてあったけど、狭いばかりであまり部室らしくなかった。まるで倉庫だ。いつもこんなとこで練習してるのだろうか。

秋の学園祭のフィナーレのとき、軽音部の演奏は大盛況で、特に梨本くんのギターソロのあとは、歓声があがっていた。そんな部活の部室が、こんなお粗末な場所だなんて、ぼやきたくなる気持ちもわかる。

「すみませぇん……」

私は恐る恐る足を踏み入れる。外は強風でも、この部屋は陽《ひ》がよく射しこんで暖かい。

「あのぉ……」

私は腰をかがめて、抜き足差し足で、部屋に入っていった。そのとき突然、

「なにやってんの」

背後から野太い声がした。一瞬、背筋がぞわっとした。振りむくと、背が私よりも十五センチは高い梨本くんがのそっと立っている。

「だれもいないよ。きょう、練習ないから」

梨本くんは、ドアを閉めると楽器のすきまをきゅうくつそうにぬけて、キーボード

のそばにある椅子にすわった。そして、おどけて、

「まあ、日下部さんもとりあえず、すわってくださいよ」

と、私にパイプ椅子を差しだした。私は荷物を抱えたまま、おずおずとすわった。

部屋の中は陽のせいか、もやがかかったように空気が白く浮いている。

「いつもこんなとこで練習してんの？」

部員が何人いるのか知らないけど、この部屋なら十人も入れば、窒息死できそうだ。

「そ、狭くて、かわいそうでしょ。ブラスバンド部とは大ちがいでしょ」

梨本くんが、大きな目をくりくりさせて言う。廊下から、女の子たちの笑い声が聞こえて、やがて小さくなる。梨本くんがキーボードに電源を入れて、ボタンやキーをいじって、いろんな音を出しはじめる。私は黙って、その姿を見ていた。

「話っていうのはさぁ……」

やっと音を決めて、たどたどしくなにかを弾きはじめたころ、梨本くんはようやく肝心な話をはじめた。

「来年の二月に、うちのバンドで老人ホームに行って演奏しようっていう話があるんだけどさぁ……」

梨本くんはキーボードに関してはまったく素人《しろうと》らしく、指の動きがぎこちない。ちゃんとした曲を弾いてるのかどうかも、わからない。

「そのときに、童謡を歌ってくれる女子を探してるんだ」

「童謡？」

なんだか、バンドにふさわしくないジャンルだ。

「そう、童謡。『椰子《やし》の実』とか『春が来た』とか『砂山』とか……老人ホームでミスチルとかやっても、しようがないしさ」

「へえ……」

老人ホームでボランティアだなんて、なかなかいい心がけだ。それとも、内申書ねらいの点数稼ぎだろうか。来年は私たちも受験の年だ。

「で、日下部に頼みがあるわけよ」

梨本くんは弾くのをやめて、姿勢を正して私を見た。

「そのときにボーカルやってほしいんだ、日下部に」

私はその言葉をうまくのみこめずに、しばらくぼやっとした。そして、頭のなかで、梨本くんの言葉を再生してみる。ボーカルやってほしいんだ、日下部に。ボーカルやってほしいんだ、日下部に。

「……私が？」

私はようやくその意味を把握する。

「そっ」

「ボーカル？」

「そっ」

梨本くんは人のよさそうな笑顔を見せて、大きくうなずいた。私は、ガタッと立ち上がった。ラケットがひざから転げ落ちる。

「なんで？」

すっとんきょうな声をあげてしまった。だって、どうしたら私にバンドのボーカルを頼もうという発想が生まれるのか、理由が見えない。

「うちのバンドのボーカルは、男なんだよ。童謡を声変わりした男が歌ったら、怖《こわ》いだけじゃん。だからさ」

梨本くんは自信満々にその理由を述べたけど、私のききたいことはそうじゃない。

私はあわてふためいて、首を横にぶんぶん振った。

「頼むよ」

梨本くんは両手を合わせて、私を拝む。

「だっ、だから、なんで私なの！」

私はどもりながら、ほとんど叫ぶように問いつめた。すると、

「小学校のとき、合唱部にいたって言ってたじゃん」

梨本くんはまたもや自信満々で、理由を述べる。

「あんなの、ただのクラブ活動だもの。友達と相談していっしょに入っただけだもの」

「でも、歌うの好きって言ってたじゃん。カラオケだって八時間歌ったって……」

私は身体の力がぬける思いだった。まったく、なんでそんなこと覚えてるんだろうか。ちなみと仲たがいしてからは、一度もカラオケに行ってないというのに……。

私は落ちたラケットを拾うと、

「できないよ」

ひと言そう言った。

「頼むよ」

梨本くんは頭をさげて両手を頭上で合わせる。

「ダメ」

私の断り方は、にべもない。でも、こんなの引き受けるわけにいかない。

「なんで？」

梨本くんは不満そうだけど、機嫌を悪くはしてないようだった。

「理由なんて、いっぱいあるよ」

私は大きく息を吐いて、心を決めた。

「ひとつに、私は歌うのは好きでも、人前でひとりで歌えるほど上手じゃないの。だいたい、私の歌声を聞いたこともないのに、頼むなんておかしいよ。あともうひとつ、梨本くんといっしょにいることは、ちなみに……友達に対して悪いから……わかるでしょ？」

梨本くんは、不満そうに口をすぼめて首をたてに振る。

「ボランティアはえらいと思うし、私も参加してあげたいとも思うけど、これは無理。悪いけど、無理だよ」

ここまで言うと、妙に気分がすっきりした。こんなふうに自分の気持ちを正直に吐きだす自分の姿にすこし驚いてもいた。

「あれを友達っていうのかなぁ」

「えっ？」

梨本くんの意外な意見に、私はムッとする。

「おまえたち、最近全然いっしょにいないじゃん。あのことが原因なんだろ?」

梨本くんは、人差し指でキーボードをたたきながら言った。

「梨本くんには関係ないじゃん」

ますますムカッときた私は、強い口調で言い返す。

「そんなことないでしょ。もろ、関係者でしょ」

梨本くんが、ぼそぼそと言葉をつなぐ。私は黙った。そのとおりだった。しんとした部屋に、天井からギシギシと机を動かす音が響く。

「まあ、その気になったら、声かけてよ」

ようやく、梨本くんがこの密会の終わりを宣言した。

「私は、できないよ」

それでもなお念を押す私に、梨本くんは一応うなずいていた。

「あのさぁ」

部屋を出ようとした私を、ふたたび梨本くんが引きとめた。

「へんなこと言うようだけどさぁ」

私は振りむいて、なぁに? ときいた。

「おまえ、死にたいとか思ってないよなぁ」

私は一瞬、凍りついた。全身にぞわっと鳥肌がたつ。

「なっ、なに言ってるのよ!」

「いやぁ、そんなことないなら、いいんだけどさ」

「あたりまえでしょ、バカにしないでよ!」

私は、カーッとなって怒鳴りちらした。

「ごめんなさい」

梨本くんは首をすくめて、申し訳なさそうにしている。だけど私は怒りのあまり、心のブレーキがはずれてしまった。ずっと我慢して言わなかった言葉が、ぼろぼろと飛びでてしまう。

「だいたい、梨本くんが嘘をつくから、私とちなみは、おかしなことになっちゃってるんだからね」

「嘘?」

梨本くんがきょとんとして、私を見上げた。

「そうだよ、嘘つきじゃん。自分の好きな女の子のタイプは、かわいくて、しっかりしてる子だって言ったのに、なんでちなみとつきあわないのよ。ちなみなんて、ぴったりじゃん」

「……だってさぁ」

梨本くんは、口をとがらせて私から目をそらした。

「だって、なによ」

私は反撃をつづける。梨本くんはこういうとき、本当に歯切れの悪い、もじもじしたやつになってしまう。

「ほかに好きなやつがいるから……」

急に胸がドキンとして、私は一瞬うろたえた。だけど、負けずに強気で返す。

「なんで？　その子は、理想とはほど遠いでしょ？」

私は照れくさい気持ちもあって、あえて「その子」と言った。

「そうなんだけどさ……」

梨本くんは、もじもじしながらもつづけた。

「全然タイプじゃないやつを好きになっちゃったから、こまってるんだ。おまけに、そいつの友達がオレのこと好きだなんて言うし……」

もう、これ以上の反撃はできなかった。やっぱり言うんじゃなかったと後悔もした。梨本くんを責めてもしようがない。だって実際、梨本くんはなにも悪いことをしてないのだ。嘘だって、本当はついてない。私とちなみの関係が壊れたことを、梨本くんのせいにするのはまちがってる。

そんなのわかってた。責めるつもりなんて、ずっとなかった。なのに、梨本くんが私にへんな質問をするからいけないんだ。死にたいって思ってないかなんてきくから……。

私はふたたびドアに手をかけて、そのまま黙って廊下に出た。

なんとも、後味の悪い密会だった。

私は部室にむかって歩きだした。それにしても梨本くんの言葉がひっかかる。

「おまえ、死にたいとか思ってないよなぁ」

その言葉が、私の心にこびりつく。

私が死にたい？　死にたいって思ってるように見えるってこと？　そんなこと、一度も考えたことない、この私が？

私は部室にむかう途中、何度もラケットを落としたり、ちょっとした段差でつまずいたりした。

ぬぐってもぬぐっても落ちないその言葉が、私を怒らせる。不安にさせる。苦しくさせる。

私はできる限りの期待を胸につめこんで、部室にむかった。きょうこそは、ちなみと仲直りできるかもという望みだけが、私を部室に運んでいた。

5

クリスマスイブまでは、静かな日々がつづいた。梨本くんはあの日以来、私にボーカルを頼んでこなかった。私もそんな頼みごとはすっかり忘れて、毎日を送っていた。

冬休みが近づいてくると、母さんから電話で、

「今年もちなみちゃんと来なさいよ」

と、ロンドンに来るように誘われた。

私は母さんにも、ちなみとのことを話してなかった。言ってもしようがないし、考えすぎかもしれないけど、下手に心配されて、日本に帰ってこられたらこまると思ったのだ。あしたにでも、ちなみと仲直りできるかもしれない。そしたらまた、親が家にいない気軽さで、頻繁に泊まりにきてほしい。だからまだ、母さんには帰ってきてほしくなかった。

私は、

「今年は、日本にいるよ。ちなみと初日の出を見にいく約束してんの」

と、大嘘をついて断った。母さんは残念そうにしていたけど、ビジネス学校での楽しい学生生活を自慢げに話すと、知里ちゃんによろしくねと言って電話は切れた。

　クリスマスイブまであと数日。

　知里ちゃんは、あいかわらず大学と家事の両立を実行していたし、るう子ちゃんも川崎駅前で豪助を盗み見て、毎日を過ごしているようだった。

「きょうはね、豪助、黄色いシャツに紺の花柄のネクタイして、きまってたよ。ばりばりの営業マンって感じでねぇ。髪はちょっと寝癖が残ってたけど、そういうちょっとぬけてるとこが、いいんだよねぇ」

　るう子ちゃんはあいかわらず恋する乙女のままで、毎日目をキラキラさせて、私や知里ちゃんに「きょうの豪助」を報告する。私たちの夕食の話題は毎日「きょうの豪助」ではじまり、そして終わった。そんなるう子ちゃんに、私は一応励ましの言葉をかけていたけど、知里ちゃんはあまり興味がなさそうに、テレビを見ていた。

　知里ちゃんのるう子ちゃんに対する態度は、私が学校の話をするときや、ちなみの話をするときとはちがっていた。私が話すときはいつも、私の目を見てとても真剣に

話を聞いてくれた。そして、うれしいときはいっしょに喜んでくれるし、数学のテストの結果が悪くて落ちこんでいたときなんて、

「私も中学のとき、数学ができなかったのよ」

と励ましてくれた。

なのに、るう子ちゃんには優しくないのだ。友達らしく、励ましているところを見たことがない。

一度、私は知里ちゃんにこんな質問をした。

「ねえねえ、豪助にはもうほかに好きなひとがいて、クリスマスイブだって、きっとその彼女といっしょなのに、なんでるう子ちゃんは、あきらめないんだろう。どうして、わざわざイブの夜に恋人と楽しく食事してる豪助を見にいくんだと思う?」

私はとてもむずかしい質問をしたつもりだった。なのに、知里ちゃんは夕食後のテーブルをかたづけながらさらりと言った。

「なにも考えてないからじゃない?」

それは、知里ちゃんの鈴の鳴るような声にふさわしくない、やけに突きはなした冷たい言葉だった。

「なにも、考えてない?」

「そう。るう子ちゃんは昔からあまりものを考えるタイプじゃないの」

テーブルを丁寧にふきながら、知里ちゃんはすらすらと話す。

「人の心を気づかったり、こうしたらこうなるだろうなって予測して行動することがないの。いつも気持ちのおもむくままに行動してしまうのよ」

意地の悪い言い方ではなかったけど、違和感はあった。

「知里ちゃん、るう子ちゃんに教えてあげたらいいのに。もう豪助には新しい彼女がいるんだから、あきらめるようにって……」

ふたりは友達なんだから、という言葉は、なぜかのみこんだ。でも知里ちゃんは、

「でも、そういうのって、お勉強とちがって、教えられたからわかるってことじゃないでしょう。るう子ちゃんはまだあきらめてないみたいだし、きっとあの子の性格だから、新しい彼女から彼を奪い返すつもりなんじゃないかしら」

と、いたって冷静に予測する。まるで、ひとごとだ。

私はふうんと適当な相づちを打って、自分の部屋にもどった。そして、カレンダーを見て肩を落とす。知らないうちに、クリスマスイブにハートマークがついている。るう子ちゃんのしわざにちがいない。

人が目の前でふられて傷ついてる姿を見るのは、イヤだなと思った。るう子ちゃん

も、ちなみみたいにその場をとりつくろったりするのだろうか。

そんな私の不安をよそに、時計はくるくるまわって、クリスマスイブはやってくる。


クリスマスイブ、当日。

終業式をすませ、まあこんなもんでしょという数字がならんでる「成績表」をもらって家にもどると、るう子ちゃんはすでにそわそわしていた。知里ちゃんがせっかく作ってくれた昼食もろくにのどを通らないようすで、スパゲッティはお皿の上でとぐろをまくだけまいて、残された。

レストランは新宿《しんじゅく》にあり、私と知里ちゃんは、

「マンションを五時四十五分に出れば、レストランには七時ちょうどに到着するからね。それまでに仕度してね」

と、るう子ちゃんに強く念を押された。

お昼を食べても、まだ午後の二時。時間はまだまだある。知里ちゃんはてきぱきとキッチンの大掃除をはじめる。

「イブなのに、なんで大掃除なんてするのぉ、気分がだいなしじゃなぁい」

演出を大事にするるう子ちゃんは不満そうだ。でも知里ちゃんは、そんなるう子ちゃんの不平を見事に無視して、てきぱきと食器棚の戸をはずしていた。

いっぽう、予定を特にたてていなかった私は、

「イブの夜だもの、おしゃれしていかなきゃぁ」

と言うるう子ちゃんに、捕獲された。

爪にマニキュアをぬるとこからはじまって、顔にたくさんのクリームを順番にこすりつけられ、髪は洗い直して、ブロー。

「こんな短くちゃ、いじりようがない」

るう子ちゃんは短い私の髪に不満そうだったけど、私はむしろほっとしていた。私の服装が黒のセーターに、チェックのミニスカートだとわかると、それに合うイヤリングや指輪を貸してくれた。出かける直前には、ファンデーションをぬられ、ピンクのリップもつけられた。私はるう子ちゃんの言うがまま、するがままになっていた。半分、ヤケクソだった。これから起こりうる修羅場をただじっと待っているよりは、ましだと思ったのだ。でもさすがに出かける時間には、もうへとへと。本番はこれからだというのに、一刻も早く、きょう一日が終わることを祈るばかり、という心境だった。

そのころには、知里ちゃんも大掃除を終わらせて、モヘアの白いセーターと紺のプリーツスカートに着替えていた。知里ちゃんらしい、いつもの服装だった。

いっぽう、るう子ちゃんは、黒いビロードのワンピースに、胸もとに金色のネックレスをかけて、顔は金色の粉がふりかけられたようにキラキラしている。長い髪は頭のてっぺんでひとつに固められていて、後ろから見ると頭の真ん中から角が生えてるように見える。まるで、懐メロの番組に出てくる、ひと昔前の歌手みたいだと思った。ゴージャスというより、気合いが身体からはみ出てるといった感じのいでたちだ。

お出かけの準備は万全となった。

予定どおり五時四十五分に、三人でマンションを出る。るう子ちゃんは雪を期待しているようだったけど、寒いばかりで空にはもう星が光っていた。

電車の中。みんなはやけに無口で、楽しげなカップルやグループと比べて、私たちは緊張感のなかにすっぽりおさまっていた。家ではしゃいでいたるう子ちゃんも、そのころにはえらく静かになってしまっていた。

七時すこし過ぎ、レストランに到着。タキシードを着たお兄さんがいらっしゃいませと、ひざまずかんばかりの姿勢であいさつして、私たちを案内する。

「ねえ、すごい高そうなお店だけど、るう子ちゃん大丈夫？」

私はレストランの高級な雰囲気にびびって、るう子ちゃんをつついた。

だけど、るう子ちゃんは私の話なんて、もう聞いてなかった。案内された席につくより前に、もう、ほかのテーブルに目が釘《くぎ》づけになっている。私は恐る恐る、るう子ちゃんの視線のその先を見た。テーブルには、男の人と女の人がむかい合って、ちょうどグラスをカチンと合わせているところだった。

「るう子ちゃん、まずは席につきましょう」

知里ちゃんはるう子ちゃんの異変に気づきながらも、やっぱり冷静だった。でも、るう子ちゃんは、席につかずにそのまま磁石で吸いよせられるように、その視線の先にむかった。私は緊張のあまり倒れそうだった。修羅場がこんなに早くやってくるなんて、予想外のことだった。まだこのお店に入って、一分もたっていないのだ。

「こんばんは」

るう子ちゃんはテーブルの前に歩みよると、静かにあいさつした。ふたりが同時に顔をあげた。女のひとはぽかんとしていたけど、男のひとはガタッと立ち上がって、

「どうして……」

とつぶやいたまま、凍りついていた。私ははじめてナマの「豪助」を目《ま》のあたりに

して、るう子ちゃんが夢中になっているそのひとの背が、あまり高くないことを確認した。背が高くてスラッとしたるう子ちゃんとならぶと、さらに低く見える。

「偶然ね」

るう子ちゃんはとてもおだやかな口調だった。私からは後ろ姿しか見えないのに、にっこり笑って言ったのがよくわかった。

「まあ、とりあえずすわらない？」

るう子ちゃんは、自分の席でもないのに、その席の空いてる椅子に勝手にすわりはじめた。私はおろおろして、すがる思いで知里ちゃんを見た。

「私たちも、すわりましょう」

知里ちゃんも、さすがにまったく冷静というわけにもいかないらしく、声がすこし震えている。私たちがすわると背の高い店員がやってきて、

「まずはお飲み物を」

とメニューを広げて、私たちの前に立ちはだかる。おかげでるう子ちゃんのようすがわからない。なのに、

「おすすめは？」

知里ちゃんはるう子ちゃんとは関係ないひとみたいに、店員と話をはじめてしま

う。

「知里ちゃん、るう子ちゃんを止めなきゃ」

私が声をひそめて知里ちゃんに言っても、

「香緒ちゃんは、ジュースでいいわよね」

と、全然とりあってくれない。でも、店員が飲み物の注文を受けて去ってゆくと、

「私たちまでここで騒いだら、ほかのお客さんたちに迷惑よ。私たちはふつうに食事をしましょう」

知里ちゃんは小声で私をさとした。私はその意見に素直にうなずけなかった。ここでるう子ちゃんをほっといたら、もっと大騒ぎになる気がしたのだ。私はふたたびこっそり、るう子ちゃんをのぞき見る。優雅な音楽に消されて、三人の声は聞こえないのに、その張りつめた空気はびんびんと伝わってくる。そのうち、こんどは小太りの店員がやってきて、

「お食事はどういたしましょう」

と、私の視界をふさいだ。知里ちゃんはやっぱり冷静にメニューをながめていたけど、私にそんな余裕はない。知里ちゃんが決めたのと同じものにして、私はイライラしながら店員がいなくなるのを待った。

注文が終わって、やっと視界が開けた、そのときだった。

「私、豪助さんに彼女がいたなんて、知らなかったんです！」

るう子ちゃんのテーブルから大きな声と、椅子が倒れる音が聞こえてきた。お店にいるひと全員が、その声のほうに顔をむける。立ち上がってるその女のひとは、泣きそうな顔つきでるう子ちゃんを見つめている。いっぽうるう子ちゃんは、なんと脚を組んで煙草《たばこ》をくゆらせて、余裕な態度でそのひとを見あげている。るう子ちゃんが煙草を吸うなんて知らなかった私は、仰天した。

そのとなりでは、豪助がうなだれている。

「ほら、すわりなさいよ。ほかのお客様に迷惑じゃない」

るう子ちゃんが、ぷかーっと煙草を吸ってから、余裕のそぶりで言う。

すると、その女のひとはガサガサと自分のかばんを持つと、ダダダダッと走り去っていった。

時間が止まった。すべてが一瞬止まったかのようだった。音楽も足音もおしゃべりも、食器のこすれる音も、全部消えてしまったかのような瞬間が、ぽっこり降ってきた。

「豪助、待って！」

その瞬間を壊したのは、さっきのはすっぱな女とはちがう、甘ったれのるう子ちゃんの声だった。豪助が立ち上がって駆けだすそのあとを、るう子ちゃんも追いかける。

お店にいるひと全員が目撃者だった。ハプニングは終わった。すべてが、あっという間の出来事だった。みんながふたたび食事をはじめる。いまの出来事をこそこそと噂《うわさ》して、ますます楽しげにイブの夜を過ごしている。

「さあ、いただきましょう」

気がつくと、私のテーブルにもこんなときじゃなければ、うっとりするようなきれいな食べ物がいい匂《にお》いをさせてならんでいる。

「いらない……」

私は知里ちゃんをじとっと見つめた。どうしてこんなときに、食べられるだろう。あの女のひとは、豪助は、るう子ちゃんは、どこへ行ったのだろう。なのに知里ちゃんは、

「ここで私たちまで帰ったら、お店のひとに迷惑よ。きちんと食べてから帰りましょう」

と、フォークとナイフを美しい手つきで持って、お肉を切り分けている。私はそん

な気になれない。お店のひとの迷惑より、るう子ちゃんを追いかけるほうがよっぽど大事なことだ。そう思うのに、私にはそれをひとりで実行するほどの勇気がない。私は立ち上がることができなかった。どうしても、動きだすことができなかった。

あたりを見まわすと、もうさっきの事件はすっかり忘れ去られて、素敵なクリスマスの夜にもどっている。私はしばらく、ぼうぜんとただ椅子にすわっていた。

「香緒ちゃん、食べないと、ここを出られないわよ」

知里ちゃんがさとすので、私はしぶしぶフォークとナイフを握った。味なんかわかんないまま、とにかく次々に出てくる食べ物を身体につめこんだ。

途中、何度もむせて目頭が熱くなった。その拍子に、切ない気持ちがこみあげて、涙がぽろりと落ちそうなのをぐっとこらえる。

イヤだなって思った。

るう子ちゃんの挑戦はたぶん失敗に終わり、でも、知里ちゃんはまわりに気をつかって食事をつづけ、ほかのお客さんはだれかさんの失恋なんて関係なく、楽しい夜を過ごしている。しようがないし、あたりまえなことかもしれないけど、私はそんなのイヤだと思った。

こういうときこそ、ドラマみたいな奇跡が見たかった。例えば、店員の男のひとが、実はすべての事情を知っていて、豪助を殴ってくれるとか……。

私は身体に食事をつめこみながら、それでもまだなにか起こってくれることを待っていた。

奇跡を期待して、食べつづけた。

6

……奇跡は、起こらなかった。

私たちはデザートまでたいらげると、お金を払っておもてに出た。しんしんとした寒さが身にしみた。知里ちゃんとふたりきりの帰り道、さすがに私も奇跡なんて期待してなかったけど、哀《かな》しい気分のままではあった。街のあちこちにいる陽気なにせものサンタを全部けとばしたい気分だった。

「香緒ちゃん、寒くない？　私のマフラー暖かいわよ。貸してあげるから首にかけたら？」

知里ちゃんの優しい言葉に、私は返事をしなかった。知里ちゃんのるう子ちゃんに対する態度は、私にとってもう、意外どころじゃなかった。知里ちゃんのイメージは、今夜、決定的にくずれて、私を不満な気持ちでいっぱいにしていた。

友達を大事にできない知里ちゃんに、私はひどくがっかりしていた。ずっと、素敵なお姉さんって思っていたけど、取り消し。友達を大事にしないひとを、素敵とは思えない。

私たちはほとんど会話もないまま、マンションまでもどってきた。

「まだ帰ってきてないみたいね」

知里ちゃんはマンションの入り口で、私たちの部屋を見上げて言った。私はやっぱり返事をしなかったけれど、いるかもしれないとも思った。ふられた女にふさわしく、暗い部屋で中島《なかじま》みゆきとかを聴いてるかもしれないと想像した。

玄関の鍵はかかっていた。部屋にあがると、部屋は暗く、中島みゆきはかかっていなかった。

電気をつけると、ソファーで仰向けになって眠っているるう子ちゃんがいた。ふとテーブルを見ると、薬のビンが横倒しになって錠剤がばらばらと散らばっていた。

血の気が引いた。

自殺……？

知里ちゃんがあわてて、るう子ちゃんに駆けよる。

「香緒ちゃん、救急車、救急車呼んでちょうだい！」

だけど、私の脚はガクガク震えて、電話のほうへ動いてくれない。

「る、るう子ちゃん！」

知里ちゃんが叫びながら、るう子ちゃんのほおをパチパチたたく。

「るう子、しっかりしなさい、るう子！」

錠剤を吐きださせるつもりなのか、るう子ちゃんの身体を横にむけて、自分の指をるう子ちゃんの口につっこむ。

すると、

「ふがががぁ、もう、いい、もう、ごめんなさい」

るう子ちゃんが、パッと生き返った。

「うぁぁ、痛かったよぉぉ」

るう子ちゃんはほおをさすりながら、めちゃめちゃしっかりした口調で、顔をゆがめている。そばで、知里ちゃんがぼうぜんとしていた。

「これ、薬じゃないよぉ、大丈夫だよぉ」

るう子ちゃんは甘えた声で、申し訳なさそうに私と知里ちゃんを交互に見た。

やられた……。

私はその場でへなへなとすわりこんだ。中島みゆきは想像できても、自殺のふりをするまでは思いつかなかったなんて、るう子ちゃんに負けた気分だった。

「ごめんね。ごめんね。ごめんね」

るう子ちゃんはソファーに正座すると、頭を深くさげて謝っている。

「いいかげんにして」

知里ちゃんが立ち上がって、低い声でポツリと言った。いつもの、おだやかな知里ちゃんとはようすがちがった。

「いつもふざけてばっかり……」

知里ちゃんが、るう子ちゃんに背中をむけてつづけた。私はすわりこんだまま、知里ちゃんを見上げた。表情は見えなかった。だけど、ぎゅっと握ってるこぶしが、小刻みに震えている。知里ちゃんが本気で怒っている。ものすごく怒ってるのが、そばにすわってる私にビリビリと伝わってくる。

だけど、知里ちゃんはそれ以上なにも言わなかった。なにも言わないで、自分の部屋にもどろうとしたときだった。

「それだけ？」

るう子ちゃんが言った。

「いつもふざけてばっかり……で、なに？」

知里ちゃんの足が止まる。

「もっと、なにか言いたいんじゃないの？　知里ちゃん」

るう子ちゃんはさっきの申し訳なさそうな態度を一変させ、挑戦的な言い方で知里ちゃんを引きとめる。知里ちゃんは、るう子ちゃんに背中をむけたままの姿勢で止まっていた。黙ったまま、ぎゅっと握ったこぶしを震わせたままで、立ち止まっている。

「いつもふざけてばっかりじゃないよ、あたし」

るう子ちゃんが、そんな知里ちゃんの背中にむかってつづけた。

「豪助に対する気持ちは本気だよ。ふざけてないよ。どうしてもあきらめられないから、こうしてがんばってるんだよ」

それでも知里ちゃんは、振りむきもしない。

「まあ、お勉強ばっかりしてる知里ちゃんには、わかんないだろうけどさ」

なにも言わない知里ちゃんに腹をたててるのか、るう子ちゃんの言葉にトゲがつく。

「ねぇ……知里ちゃんって、なんのためにそんなに勉強ばっかりしてるの？」

るう子ちゃんが、すこし意地悪そうに知里ちゃんを見ている。

「学歴が欲しいの？　それとも、学者になりたいの？　で、将来は名誉教授の席とかねらっちゃってるの？」

るう子ちゃんは楽しそうだった。意地悪を言って、ただ楽しんでるようにしか見えない。知里ちゃんは、なにも言わない。振りむいてるう子ちゃんをにらみつけることもしない。ただ、黙ってる。我慢している。そんな知里ちゃんに、るう子ちゃんが容赦なくつづける。

「そんなもの欲しさで勉強ばっかりしてる人生なんて、あたしならお断りだな。全然楽しくなさそうだもの」

るう子ちゃんの言葉はトゲだらけで、知里ちゃんの心をたくさん傷つけてるにちがいなかった。

「……私は」

だから、ようやく知里ちゃんが口を開いたとき、私はしんと耳を澄ました。

「私は、純粋にドイツ文学が好きなの。るう子ちゃんには理解できないだけよ」

知里ちゃんの声は、なにかをこらえてるように震えていた。知里ちゃんの精いっぱいの反抗だった。そんな知里ちゃんに、るう子ちゃんがすかさず返す。

「そうかなぁ。あたしには知里ちゃんはドイツ文学が好きなんじゃなくて、ドイツ文学に逃げてるようにしか見えないけどな」

そのとき、知里ちゃんがやっとるう子ちゃんのほうを振りむいた。そして、語調を強めて言い返す。

「そんなことないわ。私は好きなことをやってるのよ」

「じゃあ、なんで東京に来たの？」

このとき、私はるう子ちゃんの質問がよく理解できなかった。なにが、じゃあ、なのかわからない。

「ねえ、知里ちゃん。なんで東京に来たの？」

「大学院に進学するためよ」

知里ちゃんが、あたりまえのように答える。

「あのまま同じ研究室に残ることだって、できたじゃん」

そんなるう子ちゃんの質問に、知里ちゃんが言い返そうと息を吸う。だけどすかさず、るう子ちゃんがつづけた。

「知里ちゃんが東京に来た本当の理由って、松坂《まつざか》先生が塚原《つかはら》かなえと結婚したからじゃないの？」

私は恐る恐る知里ちゃんを見上げた。

「知里ちゃん、一年のときから単位と関係なくあの先生の講義に出てたよね」

知里ちゃんはるう子ちゃんから目をそらして、唇を固く結んでいる。

「途中で、学部まで変えちゃってさ」

私は、その場にいるのが辛《つら》くなってきた。

「香緒ちゃん、知里ちゃんははじめ、あたしと同じ教育学部だったんだよ」

だけどるう子ちゃんは、私にまで話しかける。私を関係ないひとにはしてくれない。

「なのに、途中で文学部のほうに移っちゃってさ。それって、松坂先生の研究室に入りたかったからでしょ？」

私はもうたくさんだと思った。

「そこまでしたのに、知里ちゃん、松坂先生のこと、塚原かなえに譲っちゃうんだもん」

私は耳をふさぎたかった。

「自分の気持ちを告白する前に、あきらめちゃってさ」

もう、なにも聞きたくなかった。

「塚原かなえの友人代表として、結婚式でスピーチまでしたらしいじゃん」

るう子ちゃんの言葉に、知里ちゃんはずっと黙っていた。なにも言い返さずに、じっと耐えていた。

「ばかみたい」

るう子ちゃんのとどめの言葉が放たれる。それはまるでるう子ちゃんの復讐《ふくしゅう》だった。るう子ちゃんに協力的じゃない、知里ちゃんに対する復讐。

長い沈黙が流れた。

私はただ、そこですわりこんでいた。

知里ちゃんは、この話を否定も肯定もしなかった。だけど、この話が本当なら、こんなふうに知里ちゃんを問いつめるなんて、るう子ちゃんはひどい。

ふたりは友達なんかじゃない。私はこんな関係が友達だなんて、思いたくない。こんなふたりが友達同士だなんて、私は認めない。

やがて、知里ちゃんの小さなため息が聞こえた。そして、静かに自分の部屋にもどってゆく足音。ドアをパタンと閉める音。

こんどはるう子ちゃん、知里ちゃんを止めなかった。

ピンと張りつめた空気が、すこしゆるんだ。私が顔をあげると、るう子ちゃんがじとっとした目つきで私を見ていた。そして、

「知里ちゃん、怒ったかなぁ」

と、ペロッと舌を出して、おどけた笑みをつくる。

あきれた。あきれて、あたりまえじゃんって言いたい気持ちが声にならなかった。

私はどっと疲れを感じていた。

「豪助は？」

疲れた頭で、私はとにかくききたいことをストレートにきいた。結果がわかれば、それでよかった。

「ディナーは全部食べてきたんでしょ、おいしかった？」

るう子ちゃんは気まずい話題がはじまって、必死で話をそらそうとする。だけど、私は質問をやめない。

「るう子ちゃんのきょうの目的って、なに？　きょう豪助と会って、どうしたかったの？」

このひとに気をつかう必要などないのだ。

「すごくいい匂いしてたよねぇ。ああ、あたし、なんかおなかすいてきちゃったなぁ」

るう子ちゃんは散らばった錠剤をかき集めて、口に放りこむ。

「これ、ラムネなの。おいしいよ。香緒ちゃんも食べる？」

るう子ちゃんはにっこり笑うと、私にラムネを差しだした。それでも私はるう子ちゃんをにらみつけたままでいた。るう子ちゃんがとうとう私から目をそらす。ソファーにきちんとすわってうつむく。マンションのどこかで、大勢で騒いでる声が聞こえる。愉快なパーティーの真っ最中らしい騒音が、リビングにむなしく響く。

「目的なんか、ないよ。べつに……」

とうとう観念したらしいるう子ちゃんが、ぼそぼそと質問に答えはじめた。

「ただ、じっとしてられなかっただけ。このままなにもしなかったら、あたし、豪助のこと待ちつづけちゃう気がするんだもん」

るう子ちゃんは、乱れた髪をつまんでいじりながら言った。

「待ちつづける?」

その言葉にドキンとした。

待ちつづける。

「気持ちが変わって、あたしのところにもどってくるんじゃないかって……あたし、待ちつづけちゃう気がするのよ」

それって、私がちなみを待ちつづけているのと、同じ「待つ」こと? 私の心臓が勝手にバクバクしはじめる。心の眠っていた部分が、パッと反応してしまった感じ。

「だから、ちゃんと確かめたいの」

「確かめたい？」

「本当にもうダメなのか、あたしにはもう本当にチャンスがないのか、確かめたいの」

るう子ちゃんが立ち上がって、エアコンのスイッチを入れる。私は、まだ自分がコートも脱いでなかったことに気がついた。

「それに、いまは豪助、あの女に夢中みたいだけど、わかんないじゃない？　あの女にちょっと惑わされてるだけかもしれないし……」

ネックレスをはずしながらそう言ったるう子ちゃんの目つきが、だんだん鋭くなるのがわかった。

「だいたい、ひとの男を盗むくらいだもの。あの女、無邪気なふりして、実は、きっとくせものなのよ」

口調も強気になってきている。

「そう、あの女はねぇ、悪い女なのよ」

私はその言葉を聞いて、なんて自分勝手な解釈だと思った。あの女のひとに同情したくなる。

「でも、あのひと、るう子ちゃんのこと知らなかったみたいじゃない？　だから盗んだことにはならないんじゃない？」

私はそのひとの弁護をはじめた。

「盗んでるじゃん」

るう子ちゃんは、キッと私をにらみつけて言った。

「実際に、あたしから豪助を奪ってるんだもの。これは事実よ、事実！　ああ、許せない！」

私は言葉がなかった。もう、まともに相手にするのはやめようと思った。なにを言っても、るう子ちゃんはやりたいようにやるのだろう。自分の気のすむまで確かめるのだろう。

るう子ちゃんは、キッチンに行って冷蔵庫をあさっている。そして、バナナを片手に持って、リビングにもどってくると、

「香緒ちゃん、着替えたら？」

と言って、テレビをつける。もう、すっかり日常生活にもどってる。私はこのひとにはついてゆけないとつくづく感じながら、のろのろと立ち上がった。でも、

「ねえ」

私には、まだききたいことがあった。リモコンのボタンをピッピと押して、見たい番組を探してるるう子ちゃんが、

「なぁに？」

と、テレビに集中したまま答える。

「もし、るう子ちゃんが豪助の心変わりをただ待ちつづけたらどうなるの？　それって、いけないことなの？」

るう子ちゃんは、バナナにくらいつきながら私を不思議そうに見る。そして、

「そりゃあ、いけないことでしょう」

口をもぐもぐさせながら、るう子ちゃんはあたりまえのように答えた。

「どうして？」

私は怒ったようにきき返した。いけないことだなんて、簡単に言わないでほしかった。るう子ちゃんみたいな支離滅裂なひとに、私の待ちつづける気持ちなんてわかるわけない。祈るように信じて待ちつづけることが、どうしていけないことだろうか。

「だって、待ちつづけるって、動かないってことでしょ？」

私は、だからなんなのよ、と心のなかで反発した。

「ひとはねぇ、動かなかったら、死んじゃうんだよ」

て、頭に響く。

るう子ちゃんは、まるで世の中の常識のように私にそう話した。耳がツーンとなって、頭に響く。

「死んじゃう？」

思ってもみない言葉に、がくぜんとした。

「そう、あんな感じでね」

るう子ちゃんが、テレビの脇に飾ってあるブリキの人形をさして言った。それは母さんがいつだったかアンティークショップで面白がって買ってきた人形だった。ゼンマイ仕掛けのブリキの人形。ゼンマイを巻くと、赤いスカートをはいた女の子がギシギシと歩きだす。なんてことない、昔の子どものオモチャだ。

「あれって、ゼンマイを巻けばそれなりに人間っぽく動くけど、ゼンマイ巻かないと、まったくただの置物でしょ」

るう子ちゃんは、食べ終わったバナナの皮をごみ箱に投げた。バナナの皮は、ごみ箱から大きくはずれて、知里ちゃんが育ててるハーブの植木にひっかかった。

「世の中も時計も地球も動いてて、なのにあたしだけが動いてないなんて、死人みたいなもんだよ。あのブリキの人形といっしょ。それに、動かなかったら、先に進めないでしょ。それがどうかしたの？」

るう子ちゃんはバナナの皮を拾いにもいかずに、ソファーにすわったままくつろいでいる。

「なんでもない」

私は怒ったように答えてから、自分の部屋にどすどすもどった。そして、コートを脱いで、ベッドにどさっと身体を投げだす。

「ひとはねぇ、動かなかったら、死んじゃうんだよ」

るう子ちゃんの言葉が、頭のなかを飛びまわる。

このままちなみを待ちつづけたら、私は死ぬっていうの？

「あのブリキの人形といっしょ」

イヤだ。そんなことない。るう子ちゃんの言ってることなんて、デタラメだ！　そう思うのに、こんどはこんな言葉を思い出す。

「おまえ、死にたいとか思ってないよなぁ」

梨本くんが私に言った言葉。

死にたいなんて思ってなくても、待ちつづけて、動かないってことは、私は死ぬ準備をしてるってことで、それって、やっぱり死にたいって思ってるように見えてしまうのだろうか。ああ、つじつまが合ってしまった。

そう思ったら、突然、すーっと力がぬけた。それは、ずっと我慢して片足で立っていた平均台から、すとんと落ちたときの気分だった。長い長い勝負に負けたときのあの気分。

「イヤだよ、そんなの……」

私は弱々しく天井にむかってつぶやいた。だれかを待ちつづけたからって、本当に死ぬわけない。だけど、死んでるみたいに生きてることにはなるかもしれない。

それは、本当かもしれない。

あーあ、なんていう夜だろう。どうやら今夜、私は気づきたくないことに、気がついてしまったみたいだ。

悔しいことに、敗北を感じたとたん、心が素直にいろんなことを認めはじめる。

本当はちなみの気持ちを知りたいのに、それが怖くてできなかった。信じてればきっともどってくるって思ってた。だから、テニス部で仲間はずれにされても、ちなみがあいかわらず私に視線を合わせようとしてくれなくても、とにかく待ちつづけた。そうして、きょうで五ヵ月と四日が過ぎてしまった。

それって、ちなみを待ってたんじゃなくて、ただ、動かずに「死」を待っていただけってこと?

私は深くため息をついた。

動かなかったら、死んじゃうんだよ。

頭のなかに、るう子ちゃんの言葉がすみつく。

あのブリキの人形といっしょ。

るう子ちゃんの声のまんまで、頭のなかを飛びかっている。

その晩、身体のあらゆる細胞がその言葉に反応して、私を眠らせずにいた。いつまでも、私を休ませずにいた。

7

冬休みの初日はクリスマスで、なのに、最悪の気分で目が覚めた。きのうのことは夢だと思うことにしたかったけど、夢であっても、るう子ちゃんの「ブリキの人形」説は有効なのであきらめた。

午後からはテニス部の練習があるというのに、目が覚めてもちっとも身体は動かない。窓の外は白い雲がたちこめていて、早めに雨になることを祈りながら、私はいつまでもベッドの中にいた。

それでも時計が気になり、しぶしぶ起き上がる。部屋を出ても、ひとの気配がない。

修士論文を仕上げるために今年のお正月は金沢には帰らないという知里ちゃんは、すでに出かけてしまったようだ。

知里ちゃんは、昨夜あんなにひどい目にあったというのに、次の日きちんと学校に行く。

どんなときでも、知里ちゃんは冷静だ。きちんとして、取り乱すことがない。るう子ちゃんもさっそく次の作戦にとりかかったのか、すでにいない。

私はテレビをつけて、知里ちゃんがいつもどおりに用意しておいてくれた朝食を食べはじめる。クラブに出るなら、あと一時間後には出かけないといけない。

サボっちゃおうかなぁ……。

私がそんなふうに思うなんて、はじめてのことだった。いまの私が練習に行くことは、ちなみの近くにいたいだけ。それは、はっきりしている。目も合わせてくれないちゃんと、はっきりさせないといけないのかな。そうじゃないと、このまま死ぬのを待ってることになるのかな。

ちなみのそばに……。

見ているテレビの脇では、例のブリキの人形が、こっけいに笑いつづけている。私がちなみに笑いかけるときも、あんなふうにこっけいな笑顔なのかなって思ったら、ますます哀しい気分になった。

いっそ、るう子ちゃんみたいに、確かめてみようか。

このアイデアに、私の身体はぶくぶくと泡だった。

私はあれからもう、五ヵ月と五日も静かに待ちつづけてきたのだ。

自分から、確かめてみたらどうだろう。

もしかして、そのきっかけを、実はちなみも待っているのかもしれない。

ただ、バツが悪くて、自分から私に声をかけられないだけかもしれない。

そうひらめいたとたん、憂鬱な気分がぶわっと吹き飛ぶ。頭のなかで、カンカンカンカンと正解の鐘が鳴る。

そう、ちなみも待ってるのかもしれない！　いっしょにコンタクトを捜したあのときだって、ちなみは私を拒まなかったもの！

私は残りの朝食をたいらげて、急いで着替えをはじめた。

練習に出よう。

ちなみに会おう。

そして、確かめよう。

私はウキウキして身仕度をする。こんな気分は久しぶりだった。なにもかもがうまくいく気がした。私にはもう、仲直りのきっかけを待ってるのはちなみのほうだった、という確信しか持てなかった。

心がウキウキしてると、身体が軽くて強くなる。着替えるときにはだかになっても、寒さを感じない。私は仕度を終えると、ヒヨドリの声が鳴り響く十二月の寒空の下に飛びだした。

商店街のにぎやかな人混み。パン屋の窓に描かれた、そりに乗ったサンタ。花屋の前のポインセチア。ケーキをたたき売りしてる、赤い帽子をかぶったおじさん。

橋の下を行きかう見慣れたオレンジ色の中央線も、エアコンの室外機の白い蒸気も、畑のしおれたネギなんかでさえも、いとしく、光って見える。

私は学校まで早足で進んだ。練習時間よりも一時間も前の十二時に到着してしまう。きっと、まだだれも来ていないだろう。校門をくぐると、右どなりに位置する体育館から、剣道部のおたけびと竹刀《しない》のあたる音が聞こえてくる。その脇を通って、校舎と体育館の間をぬけると、いろんな体育系部室が入っている学生ホールがある。そっちのほうをちらっとのぞくと、どこのクラブも冬場の強化練習があるらしく、休日とは思えないほどにぎやかだ。

私はそのにぎやかなほうには行かずに、職員室に部室の鍵を取りにいった。職員室に直接行くために、職員階段をのぼると、途中の踊り場で、テニスコートがちらっと見える。だけどきょうは、そのちらっと見えたテニスコートに、さらに人影がちらっと見える。私はあれっと思い、よく見えるように手すりのほうによった。

すると、もうだれかがひとりで練習をはじめている。サーブの練習をしている。心臓がドクンと大きく打つ。

まちがいなく、それはちなみだった。

秋の地区大会で準決勝まで進んだちなみは、次の大会では優勝をねらっている。それで、ひとりで先に来て、自主トレをしているのだ。

噂で聞くところによると、ちなみは二学期に入ってから、早起きしてひとりでランニングをしてから学校に来ていたらしいし、休みの日も、父親の会社の庭にあるテニスコートを借りて練習していたらしい。しかもそういうときは、テニスのうまいとこに教えてもらってるという話も聞いたことがある。

私といっしょにいるときは、自主トレこそしていたけど、そんなに夢中になってる感じじゃなかった。どうしてそこまでテニスに燃えるようになったのかわからないけど、おかげでちなみは多摩《たま》地区でベスト4の実力だ。それが半年前だったら、きっと私は会うひとごとにちなみのことを自慢しただろう。ちなみと友達でいられることがますます、私の誇りになっただろう。

私は、急いで階段を駆けおりた。

なんていうタイミングだろう。もうこれは運命としか言いようがない。神様が、いまがチャンスだ！　仲直りするチャンスだ！　と教えてるとしか思えなかった。味方になってくれているとしか考えられなかった。私はコートにむかって、ダッシュした。

金網のドアを開けて、コートに入る。ちょうど、ちなみがサーブを打ったところで、ボールが地面に強くたたきつけられて大きく跳ねあがる。そのボールが、ちょうど私の手前に転がってくる。私とちなみが話すきっかけを、まるで神様がつくってくれたかのように……。私にはそう見えた。私はもう怖くなんてなかった。運命も神様もいまはみんな、私の味方になってくれてる。そう信じられた。

私はそのボールを拾いあげると、呼びかけた。

「ちなみ！」

私は、笑顔でちなみのほうに歩きだす。

ちなみはやっぱり私と目を合わせないで、次に打つボールを見ているけど、私はもうくじけない。ちなみは、本当は待ってるから。仲直りのきっかけを待っているから。

「また、友達になろうよ。また、いっしょに遊ぼうよ」

私はちなみに近づきながら呼びかけた。真っ白な曇り空から、冷たいものが落ちてくる。

「私、ちなみといっしょじゃないとつまんないよ。ちなみといっしょじゃないと、私、なんにもする気にならないよ。全部、つまんないよ」

ちなみは私から目をそらせたままで、ボールを見つめている。私はちなみの肩に手をかける。

「ねえ、あんなことで、私、ちなみとダメになりたくないよ」

ちなみがやっと私を見た。私の顔を哀しそうな目をして見つめる。そして、

「あんなことってなに？」

思ってもみなかった言葉が返ってきた。

「えっ？」

「私にとっては、あんなことじゃないよ。香緒にとっては、あんなことかもしれないけど、私にとっては死ぬほど辛いことだったよ」

私はあわてた。こんなはずじゃなかった。

「そういう意味じゃなくて……」

さっきまでの自信満々な気持ちが空に吸いこまれてゆく。味方なはずの神様が舞いもどってゆく。

「じゃあ、どういう意味?」

ちなみの言葉に、私はうろたえた。どういう意味だろう……。

あんなこと。

あんな出来事。

あんな失恋。

私は言葉をなくした。なんて軽はずみなことを言ってしまったんだろう。私が言いたかったのは、そうじゃなくて……。

私は必死で次の言葉を考えた。空からまた冷たいものが落ちてくる。地面にポツポツと水玉のしみができてゆく。

「私、もう香緒とはいっしょにいられないよ」

突然、ちなみがポツリと言った。私の心臓がパチンと割れた。

「どうして?」

私は、ショックでへなへなとすわりこんでしまいたい気分だった。予想もしなかった言葉に、目の前が真っ暗になる。

「香緒といっしょにいるの、疲れちゃったの。いっしょにいると、辛いの」

ちなみが足もとに視線を落として、静かに告げる。その言葉が私の心をバチバチと打つ。

「どうして？」

ちなみの口からぽろぽろと落ちてくる私への予想外の気持ちに、私はうろたえるばかりだった。

「香緒はよく私のことしっかりしてるって褒めてくれたけど、私、そんなにしっかりしてないよ。そんなに強くないよ。私、香緒にそうやって誤解されてるのが、辛かった」

「そんなことないよ。ちなみはしっかりしてるよ」

私は、あわてて否定した。

「しっかりなんてしてない。香緒は本当の私を知らないだけだよ」

「知ってるよ」

「知らないよ。だって、さっきだって私の失恋を、あんなことって言ったじゃん。私が死ぬほど辛い思いしたの、知らないじゃん」

ちなみの声は、泣いてるみたいにさびれていた。

「お願いだから、もう、私にかまわないで」

こんな辛そうな顔をするちなみを見るのは、はじめてだった。

「悪いけど、練習のじゃまだから、コートから出てって」

私は、もうなにも言えなかった。

もう充分だった。

ちなみの私に対する気持ちは、「いっしょにはいられない」のだと、はっきりした。

私はぼうぜんと地面を見つめるばかりだった。水玉のしみが、どんどんふえてゆく。

「お願い、出てって」

ちなみの静かな言葉に押されて、私はちなみから離れた。雨が降りだしていた。コートを出て、体育倉庫を横切って、学生ホールもそのまま通り過ぎた。もう、クラブに出る必要はない。雨だからじゃなくて、もう、私が練習に出る目的はなくなってしまった。

ちなみの親友にもどりたい。そんな望みは、もうかなわないとわかった。はっきり、わかってしまった。

校門を出たところで、女の子の集団が私を追いぬいていった。バドミントンのラケットを傘がわりにして、キャーキャーと楽しげに雨に打たれている。私には走る元気がない。

ちなみが私と口をきかなくなったのは、梨本くんのことが原因じゃなかった。バツが悪くて、私から離れていたわけじゃなかった。

それは、あくまできっかけ、らしい。

「いっしょにいるの、疲れちゃったの」

ちなみはそう言っていた。いっしょにいて楽しいと思ってたのは、私だけだった。

ちなみがそんなふうに思ってたなんて、全然知らなかったし、気がつかなかった。

最低。

私、これからどうすればいいんだろう。

ゼンマイを巻いてみた。動くために、自分で自分のゼンマイを巻いてみた。だけど、大きな壁に衝突して、ひっくり返って、そのままやっぱり動けなくなってしまった。

それが、いまの私。

私はとぼとぼと歩きつづけた。さっき通ったときは、なにもかもが光って見えた。なにもかも楽しげに聞こえた。いまはもう、足もとのアスファルトの濃い灰色しか見えない。いろんなものをひっぱたくように打ちつける雨の音しか聞こえない。

マンションが見えてくる。きのうもこんな気分であの建物をながめたっけなと思いながら見上げる。

私は建物に入ると、自分がずぶぬれなことにはじめてちゃんと気がついた。気がついたとたんに、背中に悪寒《おかん》が走る。ここをけさ飛びだしたときは、はだかになっても寒さを感じないほど元気だったのに、いまは気がめいってるせいか、歯ががくがくするほど寒気を感じる。

私はエレベーターの狭い箱の中で震えながら、とにかく早く帰って熱いシャワーを浴びようと思った。

エレベーターが開くと、うちの玄関の前に男のひとがたたずんでいるのが見えた。そのひとは、玄関の横の壁にもたれてうつむいていた。

豪助だった。

私にはすぐにわかった。あの背丈、あの髪型、あの横顔。きのう見たばかりだもの、忘れるわけがない。あれは、るう子ちゃんの好きな豪助だ。

「あのぉ」

私は近よって、声をかけた。玄関の前にいるんだもの、かけないわけにいかなかった。そのひとはパッと顔をあげて私を見た。そして、急におどおどした目つきになって、私と玄関の表札を交互に見ている。私のことを知らないのは当然だった。きのうの夜、あのレストランにいたことさえ、知らないはずだ。

「豪助、さんですよね」

私は一応、確認した。

「はい、あのぉ、きみは……」

豪助が、もたもたとなにか言いかける。

「ここのうちのものですけど、るう子ちゃんに会いにきたんですか？」

私は、ごそごそとかばんの中の鍵を捜しながらきいた。

「ああ、はい、そうなんですけど、いないみたいで……」

私は豪助のしゃきしゃきしない態度に、イラつきはじめていた。

「あがって待ちます？」

「は？」

「るう子ちゃんに会いにきたんでしょ？」

「あ、はい」

「だから、るう子ちゃんが帰ってくるまで、待っててあげてください」

「あ、はい」

私は玄関の鍵を開けると、どうぞと言って豪助を家の中に入れた。そして、落ち着かないようすの豪助をリビングに通して、私はとりあえず自分の部屋に入った。

なんて日だろう。噴火してる火山のように、あちこちから問題がぶわっと噴き出てるような一日。もう、たくさんだ。もう、限界。

私は着替えが終わると、豪助のことも考えずに、そのままベッドにもぐりこんでしまった。

もう、どうでもよかった。なにをしにきたのかわからない豪助のことは、そのうちだれかが帰ってきて、なんとか対処するだろう。私は布団にもぐったまま、じっとしていた。すっかり疲れていた。目を閉じて眠ることにした。眠って、すべてを夢にしてしまいたかった。

8

大きな声で目が覚めた。部屋は真っ暗で、何時かはわからないけど、もう夜だということはわかった。リビングから泣き叫ぶ声が聞こえる。私は暗闇《くらやみ》を見つめたまま、しばらくその泣き声をぼんやりと聞いていた。

「どうして？　どうして、あたしじゃだめなの？」

「あたしは豪助じゃないとイヤなの」

「なにが、結婚よ！」

「絶対にそんなの許さない！」

「絶対にぶち壊してやる！」

どうやら豪助を相手に、るう子ちゃんがぶち切れてるらしい。リビングでどんな修羅場が繰り広げられているのか、想像するのは簡単だった。

でも正直いって、私にはるう子ちゃんの失恋なんてどうでもよかった。頭がズキズキ痛む。身体もずっしりと重い。風邪《かぜ》をひいたかもしれない。もう一度目を閉じる。

するど、

「香緒といっしょにいるの、疲れちゃったの」

そう言ったちなみの顔が目に浮かぶ。鼻がツーンとなって、目がカーッと熱くなる。私はあわてて唇をかんだ。

でももう、その程度じゃ我慢がきかない。

「いっしょにいると、辛いの」

はっきりと、あのシーンがよみがえる。スーッと目尻《めじり》から涙が流れて、耳の上を通って枕《まくら》に落ちる。ずっと、こらえていた哀しい気持ちが形になる。顔が激しくゆがむ。布団を深くかぶって、枕をかじる。

「あたしのこと好きになりなさいよ。もう一度、好きになりなさいよ！」

るう子ちゃんの怒鳴り声といっしょに、食器が割れる音がする。

「ねえ、好きになってよ。あたしのこと好きになってよ！」

るう子ちゃんが泣きながら叫んでる。私は耳をふさいだ。もう、どんなにるう子ちゃんがお願いしても、豪助の気持ちは変わらない。ちなみも同じ。もう私がどんなにお願いしても、ちなみの気持ちはもどらない。私はベッドをドンドンたたいた。どうにもならないいらだちを、ベッドにぶつけるしかなかった。なんで現実なんだろう。なんで嘘じゃないんだろう。

リビングから、るう子ちゃんの泣きじゃくる声が聞こえる。大声をあげて、盛大に泣いている。

私もこらえきれずに声をあげて泣きはじめる。るう子ちゃんの泣き声のほうが激しくて、私が泣いてることなんて、だれも気がつかない。私はますます心おきなく、声をあげて泣いた。どんなに泣いても、哀しい気持ちが消えない。消えるどころか、ますますふえて、私の身体を埋めつくす。苦しくさせる。弱らせる。

それでも、私は泣きたいだけ泣くと、そのまま力尽きて、眠りについていた。

本当に力尽きていた。

次の日。目が覚めると、眠りの途中、おでこに冷たい手があてられたり、枕が急に冷たくなったり、おいしいとはいえない飲み物を飲まされたりした記憶がかすかに残っていた。それは知里ちゃんに決まってるのに、それでも、そのときにふと思ったことも覚えている。

母さんが帰ってきたのかなぁって……。

実際、私の枕はすっかり溶けた氷枕だったし、おでこには熱を吸い取るシートがはられていた。ベッドの横には体温計が置いてあり、試しに測ると、三十七度五分だった。時計は、ちょうど二時をまわったところだった。

とりあえず起き上がってリビングに行くと、るう子ちゃんがテレビを見ている。だけど、物音に気づいて、私のほうを振りむいたるう子ちゃんの顔はひどいものだった。目はぼったりと腫《は》れて、顔もむくんでいる。きょう一度もブラシをかけてないだろう長い髪はボサボサ。昔話に出てくる、お皿を数える幽霊みたいだと思った。

「風邪、すこしは良くなった？」

幽霊が、うつろな目つきで私にきく。

「うん、たぶん……」

やっぱり風邪か、とあらためて思いながら、私はるう子ちゃんのとなりにすわった。嫌でもテレビの脇にあるブリキの人形が目に入る。女の子があいかわらずこっけいに笑っている。

私はあわてて目をそらし、テレビの画面に視線を集中させた。テレビではおまわりさんが、着物を着たおばさんの首をしめて、殺そうとしているシーンだった。

るう子ちゃんはパジャマのまま、そのドラマを無感動な表情で見ている。

「知里ちゃんが、おかゆ作ったから温めて食べてだって」

るう子ちゃんは画面を見つめたまま、私に連絡した。

「うん」

私も画面を見つめたままで、了解する。

「きのう、豪助を部屋に入れたの、香緒ちゃんなんでしょ」

「うん」

「あいつ、あの女と二月に結婚すんだって」

「ふうん」

テレビでは、おまわりさんが女を殺した自分に恐れおののいて、吠《ほ》えている。

「殴ってくれって言うから、殴ってやったわよ」

「聞こえた」

「でも、まだ納得いかないのよね」

おまわりさんは、自分で殺したくせに、もう動かない女の肩を揺さぶって泣いている。

「るう子ちゃんも、しつこいね」

私はこのおまわりさん、バカじゃないのと思いながら言った。

「だから無理やりデートする約束しちゃった」

「へー」

「こんど、ふたりでディズニーランドに行くの」

「ふうん」

おまわりさんは、そばにあったハサミでこんどは自分ののどを刺そうとしている。

「いいでしょう」

「べつに」

おまわりさんが自分の首を刺そうとしたそのとき、タイミングよく黒いセーターを着た男のひとが部屋に入ってきて、おまわりさんを引き止める。

「香緒ちゃん」

「なあに」

「香緒ちゃんもなにかあったの？」

「べつに」

おまわりさんが止めないでくれ〜と泣き叫んでいる。

「じゃあ、どうして泣いてるの？」

私はるう子ちゃんのその言葉で、はじめて自分が泣いていることに気がついた。

驚いた。私はあわてて涙をふきながら、

「このおまわりさんに同情しただけだよ」

と、ごまかした。そして、

「なんかまだ具合悪いから、寝るね」

と言って、そそくさと自分の部屋にもどった。

ベッドにもぐって目を閉じると、とたんにまた涙があふれてきた。哀しい気持ちが、私の涙腺《るいせん》を破壊していた。それは、治ったかと思うとひょろひょろとあらわれた。そして、涙腺に触れる。壊れる。涙があふれる。その繰り返しだった。

不思議と涙もかれることがなかった。全身の水分が目のまわりに集結して、いつでも涙になる準備をしているかのようだった。

私はそうしてほぼ三日間、ベッドの中でだらだらと過ごした。どんなに眠ってみても、哀しい気持ちからぬけだせない。毎日、渦巻きのなかをぐるぐる泳いでる魚みたいな気分だった。

いよいよ年の瀬も押し迫ったころ、私はようやくベッドからぬけだして過ごすようになった。なんとか涙腺は治った。だけど、私自身の復旧のメドはたたない。元気は回復しない。どこをどう修理すれば回復するのか、わからない。

しかたなく、私は自分の部屋の大掃除をはじめた。ほかにやることがなかった。やることがないときに、部屋の掃除しか思いつかない自分が情けなかった。私はだらだらと窓をふいたり、机の中を整理したり、ベッドをずらして綿《わた》状にまで育ったほこりを掃除機で吸い取ったりしていた。ベッドカバーやカーテンも洗濯した。

部屋はどんどんきれいになった。だけど、私自身の修復作業はちっとも進まなかった。私はリビングの大掃除にまで手をつけた。なにかしてないと、おかしくなりそうだった。

るう子ちゃんは、豪助とディズニーランドに行く一月三日を目標に、短期集中型のエステに通いはじめていた。毎晩、夕食のときに報告されるきょうのエステの結果に、私は一応、耳をかたむけ、ときどきは質問もしてあげた。無視はできなかった。だけど、知里ちゃんは返事もしない。るう子ちゃんも気にしない。

それでも、三人は同じ家で暮らしていた。

私と知里ちゃんとるう子ちゃん。三人の力を合わせれば……なんてノリは、はじめからゼロ。はじめからそんなつもりで暮らしてない。ずっと知ってたこと。わかってたこと。なのにその事実が、私をがっかりさせる。私の修復作業にヘルパーは見こめない。

しかたなく、私は必死でたいくつをしのいでいた。毎日がたいくつとの戦いだった。

9

大晦日《おおみそか》を迎えて、私は久々におもてに出た。

とうに発売日が過ぎているマンガを買いに出かける元気が、やっと出たのだ。おもてはよく晴れていて、マンションを出たところで深呼吸すると、気持ちが良かった。それでも明るい空を見上げると、すこし身体がぐらついた。私はまるで療養所から散歩に出かける気分で、本屋にむかった。

途中、近くの広場がやけににぎやかで、なんとなくそっちをのぞいてみた。フリーマーケットが行われてるらしく、広場の奥には小さなステージまで設置されて、なにかイベントをしている。

特に急いでなかったし、私はその広場のほうに行ってみることにした。にぎやかな人混みのなかを分け入ると、古着や、古本、ＣＤに、手作りのフェルト人形なんかが、雑多にならんでいた。ビニールシートの上で、古い雑貨が売られているコーナーがあった。赤い花びらがたくさん散ってる模様の、丸い缶ケースが私の目をひく。すっかり使いこまれてあちこちへこんでるところが、逆にいい味になってて、欲しくなってしまう。

買ってしまおうかどうしようか迷って、その缶ケースを手にしてるときだった。ステージからギターとドラムの大きな音が響いてきた。なにげなくそっちのほうに顔がむく。缶ケースに目をもどす。だけど、なにかひっかかる。ステージではドラムやギター、ベースにキーボードが鳴り響き、ボーカルの男の子がそのリズムに合わせて、身体を上下に揺らしている。

見たことのあるバンドだった。ギタリストの身体がやたらに大きいこのバンド。梨本くんのバンドだった。

前奏が終わると、ボーカルの男の子は名前はわからないけど、私でも聴き覚えのある英語の歌を歌いはじめた。

私は缶ケースを置いて、ステージのほうに歩みよった。ステージに夢中になってるお客さんは、正直言ってひとりもいなかった。町内会や自治会が主催してるフリーマーケットで、そんなお客がいるわけなかった。

だけど、本人たちはすごく楽しそうに演奏している。ときどきお互いに目配せしたり、間奏のところでは、ボーカルとギターとベースで同じステップを踏んだりして、見た目も工夫している。

私はそばにあったベンチに腰かけて、梨本くんたちをながめた。特に私が注目したのは、ドラムをたたいてる女の子だった。同じ学年の佐々木《さ さ き》みやびさんだ。

彼女は、ちょっと変わったひとだった。

忘れもしない、今年の夏の林間学校のときのことだ。佐々木さんは、ドライヤーを持ってくることを禁止されたために、腰まであった長い髪を五分刈りにしてしまったのだ。

その一件で、彼女は学校で一躍有名人になったのだけど、昼休みに突然、廊下でギターの弾き語りをはじめたり、学校指定の冬用のコートのすそにレースを縫いつけてみたり、なかなか話題にことかかない生徒なのだ。

ドラムをたたいてるその姿を、私はすでに学園祭で見ていたけど、きょうあらためて佐々木さんの姿をじっくりと見て、なんて格好いいんだろうとほれぼれしてしまった。

ドラムが上手《うま》いとか下手とかは全然わからないけど、男の子たちのなかにたったひとり混ざって、一番たくましい楽器をたたいている姿を、勇ましいと思った。ほかの楽器の男の子たちは途中はにかんだり、笑顔を見せたりするのに、彼女だけが、全身を使って無心にたたいてる。

私は、佐々木さんばかりを見つめて、その演奏に聴き入っていた。

演奏は全部で、三曲だった。最後にバンドのメンバー全員がステージの前に出てきて、手をつないで、おじぎをしていた。パラパラと小さな拍手がわいた。

私はベンチから立ち上がると、自分の用事を思い出した。私は広場の出口にむかって歩きだした。だけど、広場をちょうど出るところで、肩をいきなりぐいっとつかまれた。

「日下部！」

振りむくと、梨本くんと、そのとなりに佐々木さんもいた。

「黙って帰るなよなぁ」

梨本くんの口調はドスがきいていたけど、顔は笑っていた。茶色い毛糸の帽子をかぶった佐々木さんが、無表情のまま私を見つめている。私はすこし気まずくて、へらへら笑ったあとに言った。

「たまたま通りかかったら、やってるんだもの。驚いちゃった。すごい良かったよ。これもボランティアでやってるの？」

無表情で私を見つめている佐々木さんに、私はすこしおびえていた。なにも悪いことしてないのに、なんだか責められてる気分だ。

「これは、頼んでやらせてもらったの。そうそう、ボランティア、やる気になってくれたかぁ？」

梨本くんは私の気も知らないで、のんきな調子できく。

「えっ？　まだあきらめてなかったの？」

私は、あきれて言った。

「あたりまえじゃーん」

梨本くんは身体をよじって、がっくりしている。私は、この間と同じ言い訳をしようと、身構えた。

できるわけがない。梨本くんといっしょにボランティアをするなんて、ちなみに悪い。ああ、でももう、なにをしてもちなみは私といっしょにいたくないんだっけ……。でも、だからって……。

私はもたもたとそんなことを思い悩んで、とっさに言葉が出てこなかった。

すると、

「ねえ、カラオケにつきあってよ」

佐々木さんが急に口を開いた。一本調子の乾いた言い方だった。

「とにかく、歌ってみてよ。歌ってもらわないとわかんないしさぁ」

佐々木さんは、まるで怒ってるみたいな顔で私を見ている。なんて強引な子だろうと、ムッとした。私の気持ちなんて全然おかまいなしで、ことを進めようとしている。そして、私が首を振って断ろうとするより前に、

「梨本、あとかたづけよろしくね。あとで、電話する」

と言って、私の腕をがしっとつかむと、広場の外に歩きだしてしまった。私は佐々木さんに引きずられるように、おたおたと歩きだした。梨本くんはそれを見て、

「りょうかぁーい」

と、のんきに手を振っている。

私はあわてた。

「あのぉ、私、やる気ないんだ。そのこと、梨本くんからも聞いてるでしょ……」

私はずるずる引きずられながら、小声で訴えた。なんだか頭ががんがんしてきた。病み上がりの私に、こういう不意打ちは大きなストレスだった。広場なんて、のぞかなければよかったとひどく後悔もした。

でも、佐々木さんは私の訴えを無視して、商店街のほうに歩いてゆく。

「ねえ、佐々木さん！」

私は思いきって、つかまれていた腕を振り払った。佐々木さんが立ち止まった。きりっとした瞳が、私を見つめる。

「唐沢ちなみに気をつかってるの？」

にこりともしないで、佐々木さんが言った。

「どうして……もしかして、いろいろ知ってるの？」

私は佐々木さんの顔色をうかがいながらたずねた。あのことは、ほかのひとに知られてないと思っていたのに……。

「まあね。私と梨本、親友だもん。あいつ、悩んでたよ。悪いことしたって」

佐々木さんは、ポケットに手をつっこんで寒そうに身体を揺らしていた。

「で、あんたの元気がないから、なんとかできないかなって、あたし、相談されたんだもの」

毛糸の帽子を深くかぶりなおしながら言う。

「じゃあ、もしかして、私をボーカルに推《お》したのは佐々木さんなの？」

私は、あぜんとしてきき返した。

「まあね。歌でも歌えば元気になるんじゃないかって言っただけだけどね」

私は大きくため息をついた。なるほど、そういうことだったのか……。

私はようやく納得した。小学校のときに合唱部だったとか、カラオケが好きっていうだけで、私を選んでるのはなんかへんだと思っていたのだ。だから、私は言った。

「歌ったぐらいじゃ、なにも変わらないよ」

歌って元気になるなんて、私はそんなに単純にできてない。すると、

「それは音楽を甘くみてるよ」

佐々木さんが強い口調で言い返してきた。

「音楽の力ってすごいんだから。前に老人ホームに行ったときなんて、寝たきりで、もうほとんど意識のないお年寄りが、先輩たちの演奏聴いて、笑ったんだよ。こっちのほうが感動しちゃってさ。先輩たち、そのお年寄りに言ってたよ。やってよかったって。ありがとうございますって、逆にお礼言ってたよ」

佐々木さんの主張は、確かに感動ものだった。

「あんたも、唐沢ちなみになんてこだわんないで、やってみなよ。なにか変わるかもしれないじゃん。うちはどっちにしても童謡を歌えるきれいな声の子を探してるんだ。私じゃ、声低すぎるしさ。まあ、すべてはあんたの歌を聴いてからなんだけどね」

佐々木さんはそう一気にまくしたてると、寒そうに手に息を吹きかけながら、私の返事を待った。

「とにかく、早くカラオケボックスに行こう。こんなとこに突っ立ってたら、寒くてしようがないよ」

返事を待てない佐々木さんが、ふたたび私の腕をつかんで歩きだす。頭がズキンズキンと痛んでいた。また、熱が出てきたかもしれない。

ここで歌うことになったら、それがちなみにばれたら、もう二度と私たちの仲がもどることはなくなるだろう。

それでも、私は佐々木さんの強引な足取りに素直についていった。私のことを心配してくれていた梨本くんや、そのためにこうしてカラオケボックスにいっしょに行こうとしている佐々木さんの気持ちが、実はうれしかったのだ。熱いココアみたいに、弱った身体によく染みて、本当はすこし泣きたい気分だったのだ。

カラオケボックスに連れていかれた私は、とりあえず『椰子の実』と『砂山』と『揺籃《ゆりかご》のうた』と『春が来た』を強制的に歌わされた。

全部、合唱部にいたときに歌ったことのあるものだった。佐々木さんは私の歌を腕組みをして、目を閉じて聴いていた。私は緊張のあまり声が震えて、まるで自信がなかった。

歌い終えたとき。

「まあ、合格」

これが佐々木さんの私の歌に対する評価だった。

「ただし、これからは毎日発声練習して、もっとのびのび歌えるようになってよね」

佐々木さんのそんなえらそうな言葉に、嫌味はこもっていなかった。それよりも本気なのだという情熱が、私をその場でうなずかせてしまった。

カラオケに来るなんて久しぶりで、最後にパフィーの『愛のしるし』を歌ってもいい？ってきくと、佐々木さんがどうでもいいようにうなずく。

この歌は、ちなみとよくいっしょに歌った歌だ。前奏がはじまったところで、

「いっしょに歌おうよ」

とマイクを差しだすと、佐々木さんはしぶしぶマイクを握ってくれた。

だけどいざいっしょに歌いだすと、佐々木さんの声はびっくりするくらい低くて、歌と合わない。

「こういう歌は苦手なの」

歌い終わると、佐々木さんは顔を赤くしてぶっきらぼうに言った。そんな佐々木さ

んの言葉に私はこっそり笑った。意外な一面を見て、ほっとした気分だったのだ。練習する日や場所など、詳しいことはあとで連絡してもらうことにして、私たちはそれぞれに別れた。

それから私は、本当の用事である本屋へとむかったのだけど、すこしうかれてる自分に気づいて、ハッとした。ちなみをうらぎってる気分になった。いくらちなみともういっしょにいられなくても、ちなみと過ごした日々は私の宝物で、ちなみはどうしても私にとって特別な存在なのだ。私が梨本くんのバンドに参加することを知ったら、ちなみはきっと傷つく。

でも……。

もう、ひとりは辛かった。

佐々木さんは学校で練習しなければ、学校のみんなに内緒でできると言ってくれてるし、だったら、ちなみにばれる可能性も小さい。でも、安心はできない。迷いは消えない。

私は立ち止まって、大きく深呼吸をしてみた。胸いっぱいに吸いこんだ冷気が、私を内側から刺激する。

とにかく、やってみようと思った。

あしたからは新しい年がはじまる。もう、たいくつをしのぐだけの毎日にはしたくない。

弱々しい太陽の光が私をかすかに照らしていた。もう、夕方が近づいていた。

10

佐々木さんから電話がかかってきたのは、新しい年を迎えた二日の夜だった。

「香緒ちゃん、お友達から電話よ」

知里ちゃんから受話器を差しだされたとき、一瞬、ちなみからかなって期待してしまった。

だけど、受話器のむこうから聞こえてきた声は、佐々木さんの一本調子な声だった。佐々木さんは、

「あした、河壁《かわかべ》んちで練習するから来て。集合時間は二時だから」

と用件だけ伝えて、一方的に電話を切ってしまった。

私は受話器を耳にあてたまま、しばらく回線が切れたあとの電子音をぼんやり聞いていた。

こんなあっさりした電話は、はじめてだった。ちなみとなら、そのあと一時間は

……と思いかけてやめた。

「お友達？」

電話を置くと、知里ちゃんがさりげなくきいてきた。

「うん、まあ、そんな感じ」

私は知里ちゃんを見ないで答えた。

「ちなみちゃん、お正月はどうしてるの？」

さらに最上級の優しい声できいてくる知里ちゃんに、

「さあ……」

私はどこまでもいいかげんな返事しかしない。知里ちゃんに、なにも言いたくなかった。ちなみとはとっくにダメになってることも、バンドに参加することも、言いたくなかった。るう子ちゃんには無関心なくせに、私には味方になってくれようとする不公平な知里ちゃんが、イヤでしようがなかった。

リビングでは、るう子ちゃんが爪の甘皮をこつこつとむいていた。あしたは、豪助とディズニーランドでデートする日だ。顔にも当然、パックのお面をはりつけている。

るう子ちゃんはデートの日が近づけば近づくほど、元気がなくなっていった。

家にいてもむやみにテレビを見ているだけだし、エステ以外にはめったにおもてに出かけることもない。

さすがにきょうはあしたの準備に忙しそうだけど、私を捕まえてあしたのことを自慢したり、はしゃいだりしない。静かに、密《ひそ》かに、こつこつと準備を進めている。

知里ちゃんはもちろん、そんなるう子ちゃんの行動に無関心だ。最近、るう子ちゃんは母さんたちの寝室に布団を運んで寝ているのだけど、知里ちゃんはもうそれをとがめなかった。あのクリスマスイブの夜以来、ふたりがまともに口をきいてるのを見たことがない。

ろくに口もきかないふたりといっしょに暮らすのは、息がつまりそうだった。そんなふたりを見ているこっちが不愉快だった。

だから、あしたの練習が決まって、すこしでもこの家から解放されると思うとほっとした。ほんと、だれが居候だかわからない。

私はとりあえず、あしたの練習の準備として、小学校のころに買ってもらった童謡ばかりを集めたCDを取りだした。この間カラオケで歌わされた曲を、とりあえず聴くだけ聴いておこうと思ったのだ。聴いたからって上手く歌えるわけじゃないけど、気休めにはなった。

そうして、私は初のバンド練習に参加することになった。

「じゃあまずは、今回急きょ、臨時でボーカルをとってもらう、日下部香緒さんでーす」

次の日。私は河壁くんの家で、ボーカルの矢部《やべ》くんに紹介されて、ぎこちなく頭をさげていた。みんなが、といっても、ギターの梨本くん、キーボードの岸谷《きしたに》くん、ドラムの佐々木さん、ベースの河壁くん、そして今回はタンバリンやソプラノ笛を担当するという矢部くん、以上五名のバンド「ゴールドスティック」が、私のことを拍手で迎えてくれた。

ゴールドスティックとは、黄色い花の名前で、心の扉をたたくという花言葉があるのだと矢部くんが説明してくれた。

みんな同じ学年の子たちばかりで、特に河壁くんは、小学校が同じなのでよく知っていた。河壁くんの家は小学校の裏手にある酒屋さんで、同じ小学校の生徒なら全員知ってる場所にあった。だけど、三ヵ月前に閉店。そのことは、私も噂で聞いていた。だから、佐々木さんから練習場所は河壁くんの家だと聞いたときに、すぐに納得できた。きっと、空いたお店のスペースを使わせてくれるのだろう、と。

「四月になったら、一回取り壊してコンビニに変わるんだ。それまでは、好きに使ってもいって親父《おやじ》が許可くれてさ」

河壁くんは、ベースをベンベン鳴らしながら、そう説明してくれた。お店の中はシャッターがおりていて、はじのほうにたたんだ段ボールが積み上げられていた。もうずいぶん空気を入れ替えてないような、埃《ほこり》っぽい乾いた匂いもした。

「意外に狭いでしょ？　ここ」

みんなが楽器を用意している間、ひとりだけ手持ちぶさたでうろうろしていると、矢部くんが陽気に笑った。

「そうなんだよな。毎日見てたオレでさえも、棚とかとっぱらったあと、こんな狭かったっけって、がくぜんとしたもん」

河壁くんがやっぱりベースをベンベン鳴らしながら言う。

私は小さく微笑んでうなずいた。実はひどく緊張していた。いま、突然歌えなんて言われてものどがからからで、きっと声も出ない。

「そっちで、発声練習でもしてたら」

佐々木さんが、暇そうな私に気づいて言った。ここで私にひとりで発声練習をしろと言うのだ。

「ほら、楽譜とかテープはそっちにあるから。はじめはみんなそれぞれのパートを練習して、最後に合わせるから」

私は言われるがまま楽譜を持って、お店のはじのほうに移動した。壁にむかって『われは海の子』をハミングで歌ってみる。みんながそれぞれに楽器を鳴らしててくれるおかげで、声が完全に隠れる。私はすこし安心して、ハミングをつづけた。だけど気がつくと、佐々木さんが私の背後に立って、怒ったような顔をしていた。

「ねえ、そんなんで、発声練習してるつもりなわけ。真面目にやってよね。ボランティアだと思ってバカにしてんの？」

その言葉に、心臓が恐怖でおもわず凍った。

「いくらマイク通したって、ある程度の声量で歌ってくんないと、楽器に負けてなにを歌ってんのかわかんないんだからね」

佐々木さんの怒鳴り声に、みんなが楽器を鳴らすのをやめる。

「はい……」

緊張と恐怖と恥ずかしさで、足ががくがく震えて、不覚にも涙が出そうだった。とんでもない役を引き受けてしまったと、いきなり後悔した。私はただ、うつむいて立ちつくすばかりだった。

「まあまあ、佐々木。日下部だって、こういうのはじめてなわけだしさぁ」

そこに、矢部くんが助け船を出してくれた。

「そうそう、そんな初日から厳しくしたら、せっかく捕まえたボーカルに逃げられちゃうぜ」

河壁くんが、ベーンとベースを弾きながらつづく。

「じいさんやばあさんに聴いてもらうんだから、そうカリカリしないでさぁ。やさぁしく、やさぁしく」

岸谷くんがキーボードで、星屑《ほしくず》がさらさらと流れるような音を出しながら言う。

「そんなんだから、あんたたちだっていつまでたっても上手くなんないのよ！」

みんなの言葉は、ますます佐々木さんを怒らせた。

「もう、あと一ヵ月しかないんだよ。そんな悠長なこと言ってられないわよ」

佐々木さんは、ますますキンキンとわめく。

「じゃあさぁ」

そこで梨本くんが登場した。

「とりあえず、日下部はオレがみるよ」

「おっ、梨本、格好いい」

「発声練習の指導じゃないよ」

梨本くんは矢部くんの冷やかしをさえぎってつづけた。

「日下部にはまだ、今回のライブの詳しいこととか全然説明してないだろう？　それと、佐々木。一応、オレたちは頼んでやってもらうわけだから、後輩を怒鳴るみたいなやり方はまずいんじゃないの」

梨本くんが静かにそう言った。

「わかった」

佐々木さんが腕組みをしたままうなずいた。

「じゃあ、お願い」

佐々木さんが梨本くんに同意する。私は恐る恐る顔をあげて、佐々木さんを見た。佐々木さんは私をにらんでいた。にらまれているとしか思えない、強い視線なのだ。

「日下部さん」

佐々木さんがふたたび私の名前を呼んだ。

「はい」

私の声は恐怖でかすれた。

「ごめんね、怒鳴っちゃって」

「…………」

私は驚きのあまり声が出なかった。佐々木さんの素直な謝罪の言葉に、ただあぜんとするばかりだった。いっぽう佐々木さんは、

「ほら、あんたたちも、さっさと練習してよね。岸谷！　あんた今回はボーカルの次にメインなんだからね。どうでもいい音ばっかり作ってないで、ちゃんと指を動かしなさいよね」

と、もう気持ちは次のことに進んでいて、岸谷くんを早口でしかっている。

「ほぉい」

岸谷くんは、雷みたいな音を鳴らしながら、すこしふてくされて返事をする。

「岸谷！」

その音に、佐々木さんがますます声を荒《あら》げる。岸谷くんが首をすくめる。みんなが笑う。私もすこし笑う。佐々木さんは笑わずに、つかつかと自分のドラムセットにもどってゆく。

「ごめんな。あいつバンドのことになると、こぇんだ」

梨本くんが私のそばによってきて、こっそり言った。

「このバンドのリーダーがあいつだって、納得いくだろ？」

「うん、ほんと、すごいね」

私は素直にそう思った。ちょっと怖いけど、率直で、さっぱりしてる。佐々木さん以外のリーダーは考えられない。私はのどを湿らせるために、つばをごくんと飲みこんだ。

いまさら逃げられない。私はここに歌うために来たのだ。私はリーダーにカツを入れられて、逆に緊張がほぐれ、やる気になっていた。

そのあと、梨本くんは、今回は童謡をロックっぽくアレンジしてやること（しかも、そのアレンジは佐々木さんがしたという）、お年寄りたちが音楽に合わせておもわずいっしょに踊れるようなステージにしたいこと、だからちょっとした振り付けもあることなんかを丁寧に説明してくれた。

結局、私はそのあと大声で発声練習を行い、佐々木さんがコンピューターでアレンジしたというテープに合わせて歌ってみた。アレンジといっても、ふつうの童謡よりテンポが速くて、どれもこれも元気がいいという曲調になっている程度で、歌うだけなら、そんなにむずかしさは感じないですんだ。

そして一時間後。

まずは、みんながなんとかできるようになった『椰子の実』を合わせてみようということになった。

マイクを持つと緊張した。

「カラオケだと思ったほうがいいぜ。失敗しても怒るのは佐々木だけだからさ」

矢部くんがみんなを笑わせる。佐々木さんも笑ってるのを見て、ちょっと安心する。

前奏がはじまって、歌い出しをすこしまちがえた。途中、キーボードの音もとぎれた。ギターの音が明らかに、メロディーと合ってないこともあった。それでも演奏が止まらないのは、ドラムのリズムがまったく止まらずに進んでくれたからのような気がした。

一曲まるまる最後まで歌い終えたあと、私はおもわずにんまりしてしまった。気持ちが良かった。合唱とちがって緊張するけど、みんながちがう楽器を弾いて、ひとつの曲を演奏するその微妙な連帯感が、私を興奮させていた。

「まあ、最初だからね。とりあえずこんなもんかな」

演奏が終わると、佐々木さんがドラムのスティックをまわしながら言った。そして、岸谷くんのほうに行って、

「ここは、こうやって弾くの」

佐々木さんがキーボードをさらさら弾きはじめる。

「すごいね、佐々木さん。なんでもできるんだね」

私は感嘆のため息をまじえて言った。

「あいつは、すごいよ。高校も音楽学校のピアノ科をねらってるみたいだしさ。オレらなんかとは、レベルがちがうんだ」

梨本くんの言葉に、私はへぇーとため息をもらすばかりだった。

同じ中学二年生で、こうもちがうものかと思った。私がちなみを待ちつづけて、動けずにいる間に、佐々木さんはドラムをたたき、ピアノを弾き、コンピューターで音楽をアレンジしていたのだと思うと、自分が情けなかった。

そのあとちょっと休憩して（河壁くんのお母さんがお菓子とジュースを用意してくれた）、またそれぞれのパートを練習して、最後に『われは海の子』を合わせた。

「きれいな声してるよね」

岸谷くんにそう言われて、すこしうれしかった。がんばろうと思った。

次の練習日は、四日後の三学期の始業式の日と決まり、リーダーから、

「各パート、全曲、完璧にマスターしてくること」

という厳しい命令がくだされた。メンバーの、

「むりだぁー」

という遠吠えをけり返して、佐々木さんはさっさと帰ってしまった。

帰り道。私は小学校のむこうに広がる夕焼け空をながめて歩いていた。自然に鼻歌が出た。わけもなくウキウキした気分だった。

風がゆるく吹いていた。校庭でブランコが、ぎしぎし音をさせながら揺れていた。追い風が私の足取りをすこし軽くしていた。

11

家に帰ると、知里ちゃんの部屋から、ワープロがプリントしてる音が聞こえてきた。

「おかえりなさい」

知里ちゃんは疲れた顔をして、部屋から顔をのぞかせた。

「お夕食、悪いけど、宅配ピザでいいかしら。るう子ちゃんはいないし、私はちょっと食欲なくて……」

夕食を宅配ピザですませようなんて、知里ちゃんらしくない言葉だった。

「もちろんいいけど、大丈夫？」

さすがにちょっと心配になった。

「ありがとう、平気よ」

久々に私がまともに口をきいたせいか、知里ちゃんはつづけて言った。

「論文はとっくに書き終わってるのよ。だけど、どうしても納得いかない部分があって、書き直しをしているの」

知里ちゃんが愚痴を言うなんて、めずらしいことだった。

「がんばってね」

私が言うと、知里ちゃんは弱々しく笑って「ありがとう」と言った。

宅配ピザが届くと、私は佐々木さんがアレンジしたテープを聴きながら、ひとりで食べた。食後はテープに合わせて小声で歌ってみた。熱が入ると、つい声が大きくなって、すこしあわてた。

私がベッドに入ったのが十一時過ぎで、るう子ちゃんはその時間になっても、まだ帰ってこなかった。ベッドに入ってから、あしたがテニス部の練習日だったことを思い出す。年末も無断で欠席したけど、だれからも連絡はなかった。あしたも行くつもりはない。

私はあそこでは必要ないのだ。

いまは「ゴールドスティック」が私を必要としてくれている。それでいい。私はそう決心して、目を閉じた。

うとうとしはじめたころだった。大きな歌声が、玄関先で聞こえてきた。歌声の主はすぐにわかった。

るう子ちゃんだ。

るう子ちゃんが『イッツ・ア・スモールワールド』を歌いながら、玄関のチャイムを激しく鳴らしている。

「知里ちゃーん、香緒ちゃーん、るう子ちゃんですよぉぉん」

ぱたぱたと知里ちゃんのスリッパの音が聞こえた。ドアを開けると、るう子ちゃんの声はさらに響いた。

「せぇかいぃは、ひぃとつぅー、せぇかいは、ひぃとつぅー」

るう子ちゃんは、どうも酔ってるらしい。私は布団にもぐったまま、目を閉じていた。もう、るう子ちゃんの失恋につきあうのはあきあきだった。知里ちゃんのるう子ちゃんをさとすような声も聞こえない。知里ちゃんも、さっさと自分の部屋にもどってしまったのだろう。私は布団に深くもぐって寝ていた。寝ていることにしたかった。

「香緒ちゃぁあん、ただいまぁ」

いきなりドアが開いたって、電気がついてるう子ちゃんが部屋に乗りこんできたって、私はぴくりとも身体を動かさなかった。ただ薄く目を開けてみると、るう子ちゃんは頭にミッキーの帽子をかぶっていた。くまのプーさんの風船を持って、私のベッドに近づいてくる。

「ただいまぁ！」

るう子ちゃんが私のベッドにずうずうしく倒れこんでくる。それがあまりに重くて、もう眠ったふりはできなかった。私は布団の中から、るう子ちゃんをバシバシけとばした。

「うーん、香緒ちゃん、聞いてよぉぉん」

だけど私の蹴りはまったく効果がない。るう子ちゃんはベッドに転がったまま、びくともしない。おまけにすごくお酒臭い。私は面倒くさくなって、けるのをやめた。

「あのねぇ、豪助ったらねぇ」

るう子ちゃんが、ろれつのまわらない口ぶりで話しはじめる。

「きょうのあたしとのデートに、彼女を連れてきたんだよ。あの背のちびっちゃい、顔がまるまるした泥棒猫を……」

私はもう、るう子ちゃんをかわいそうだなんて思わない。るう子ちゃんは、それぐらいの仕打ちを受けても、しかたがないことをしているのだ。

「ふたりでさあ、結婚したいからじゃましないでほしいって言うわけよ、このるう子さまに」

私は、ふたたび眠ったふりをした。

「でもさ、あたし、あかんべーしてやって、豪助の右手を握ったのよ」

るう子ちゃんはそれでも、ぶつぶつと話しつづける。

「そしたら、あの女、豪助の左手を握って、離さないわけよ」

るう子ちゃんは風船をもてあそびながら、しゃべりつづけていた。

「で、きょうは三人でデートしたわけよ。豪助の右手はあたし、左手は泥棒猫が握ってさ」

私はこんなすごい話を聞いても、もう驚くことができなかった。慣れてしまったのだ。

「でもさ」

るう子ちゃんはガバッて起き上がると、ベッドの端にちんまりすわった。

「豪助は彼女にばっかり気をつかうのよ。あたしじゃなくて、泥棒猫にばっかり。あたしなんかいないみたいに、彼女とばっかり話すの」

声がすこし震えていた。

「それを見てたらね、なんかさ、傷口をね、ぱっかり開けられて、そこに手をつっこまれてかきまわされたみたいに、痛いの。身体全部がそんなふうに痛かったの」

るう子ちゃんは私の身体を揺り起こす。

「ねえ、香緒ちゃん……」

「ん？」

さすがに返事をしてしまった。

「まだ痛いよ。痛いの治らないよ」

るう子ちゃんはそう言って、また私の上にどてっと寝転がってきた。重くてしかたなかったけど、こんどは蹴らないであげた。

「痛み止めにって思って、お酒をいっぱい飲んだけど、痛いよぉ」

るう子ちゃんが私の布団にもぐりこんできた。ミッキーの耳があごにあたって痛い。

「痛くて死んじゃいそうだよぉ」

るう子ちゃんが私の身体にがしっとしがみついてきた。私はかまわず、させたいようにさせてあげた。

るう子ちゃんってつくづく支離滅裂だと思った。待ちつづけて動けないで、死ぬのはイヤって言ってたるう子ちゃんが、いまは傷ついて、痛くて死んじゃいそうだって、私にしがみついて泣いてる。

るう子ちゃんは言ってることも、やってることもめちゃめちゃだ。でも、めちゃめちゃにならずに、きれいに生きてく方法なんて、あるのかなとも思った。

ちなみに隠れて、梨本くんのバンドで歌おうとしてる私も、めちゃめちゃ（ちなみに未練があるなら、やめればいい。未練がないなら、隠れて練習する必要などないのだ）。

梨本くんにふられたとたんに、理由も言わずに私と口をきかなくなったちなみだって、めちゃめちゃ（私といっしょにいるのが辛いなら、もっと前にはっきり言えばいいのだ）。

ろくに口もきかないのに、それでもまだるう子ちゃんをうちに居候させてあげてる知里ちゃんも、めちゃめちゃ（仲良しじゃないなら、うちに住まわせてあげる必要はない）。

私とちなみの仲が悪くなったからって、急に私に冷たくするテニス部の子たちだって、めちゃめちゃ（本当の敵は私じゃなくて、ほかの中学のテニス部のはずだ）。

みんな、めちゃめちゃだ。

私はるう子ちゃんの涙ですこしずつ腰のあたりがぬれてゆくのを感じながら、そんなことを思った。

となりの部屋から、ワープロのプリントする音が響いていた。


お正月が過ぎて、新学期がやってきた。

私は放課後、さっそくテニス部の顧問の森沢《もりさわ》先生のところに行って、退部したいことを伝えた。よけいな言い訳はしなかった。テニスに興味がなくなったと言った。

先生は、いまやめたら内申点に響くとか、受験のために所属だけはしておけと言ってくれた。だけど、私はスパッとやめたいこと、受験は学力だけで勝負することを伝えた。それでも先生は、内申点の重要性をこんこんと説いていたけど、私は引き下がらなかった。

「本当にいいんだな。絶対に後悔しないな」

先生はあごひげをなでながら、私に念を押した。私は大きくうなずいた。先生はため息をついてから、わかったと納得してくれた。

一礼して職員室を出ると、さすがに勇んでいた気持ちがゆるんだ。

本当にやめてしまったのだ。

これで、ちなみとの接点はなくなってしまった。うちの学校は三年生になってもクラス替えはないし、たぶん、同じ高校に行くこともない。

私たちが同じ時間を過ごすチャンスは、もうなくなってしまった。とてもじゃないけど、すっきりさっぱり、気分爽快《そうかい》というわけにはいかない。

私がテニス部をやめても、数人の後輩たちが残念がってくれた程度で、同じ学年の子たちからはなにも言われなかった。

もちろんちなみも、なにも言わなかった。

ちなみの態度は、私がテニス部をやめても、なにも変わらなかった。

そんな事実に、やっぱりがっかりしてしまってる自分を振り切るように、私はバンドの練習に、歌うことに集中することにした。

バンドの練習は厳しく続いた。

歌ってるときの声や表情がかたいと、佐々木さんに何度もしかられた。

歌ごとに、簡単な振り付けをみんなで考えた。しょせん、跳ねたり、まわったり、手をたたいたりする程度の簡単な振り付けだったけど、それを歌いながら、しかも楽しそうにやるのは、至難の業《わざ》だった。途中で息が切れて、自分でも恐ろしい形相をしているのがわかるのだ。

「なんでテニス部のひとが、これくらいの動きで息があがるのよ！」

佐々木さんがあきれて怒鳴る。

自分でもさすがに情けない。私は毎晩、腹筋を百回やってから寝ることを指令され、それを実行した。

佐々木さんにきついことを言われるたびに、激しく落ちこんだ。厳しいバンドリーダーの佐々木さんは、甘えなんて許してくれない。

ちなみとは、ちがう。

ちなみは私に甘えさせてくれた。

いっしょにどこかに出かけるとき、行き方や電車の乗り換え方法を調べるのは、ちなみ。

自主トレの練習メニューを考えるのも、ちなみ。

試験前にノートを貸してくれるのも、ちなみ。

わからないところを教えてくれるのも、ちなみ。

私はそういうの、あたりまえみたいにやってもらってた。

「すこしは、自分で考えなよ」

私にそう言うときの佐々木さんは、ろこつに嫌な顔をする。イライラしてるのが、手に取るようにわかる。

ちなみも私といっしょにいるとき、本当はあんなふうにイライラしていたのかもしれない。

そんなことに気づいて、さらに私は落ちこむ。打ちのめされる。佐々木さんのイラついてる態度が、ちなみとダブる。

だけどそんな私を、梨本くんがフォローしてくれた。しかられてばかりの練習中、ときどき差しのべられる、梨本くんのさりげないフォローが、ありがたかった。ちなみの件で、ちょっと恨んでたときもあったし、嘘つきって梨本くんを責めたことだってある。足手まといになりかねない私を、ボーカルに推薦した責任もあるのだろうけど、梨本くんはいつも本当に優しかった。

さすが、ちなみが好きになったひとだと思った。佐々木さんにそのことを話したら、

「あんたバカじゃないの。それは、梨本がいまでもあんたを好きだからじゃん。あんたって、ほんと鈍感だよねぇ」

と言われた。

そんなこと言われてしまうと、妙に意識しちゃって、とたんに気まずい気分にな

る。

そのとおり、私は鈍感だ。梨本くんの気持ちにも、ちなみが私を重荷に感じてたことも、まったく気がつけないほどに鈍感なのだ。

私はそうやって、自分に失望したり、打ちのめされたりしながらも、歌いつづけた。

もう、立ち止まるのだけはやめようと思った。

とにかくいまは、ライブのことだけを考えることにした。

着実に本番が近づいていた。

本番は二月七日、日曜日。

私はカレンダーに赤く印をつけて、その日を目指した。

12

一月半ば、るう子ちゃん宛《あて》に一通の招待状が届いた。

結婚式の招待状だった。るう子ちゃんいわく、豪助と泥棒猫の結婚式の招待状。

「あたしが結婚式に招待するように頼んだの。そうしたらもう、ふたりのじゃまはしないって約束してあげたんだ」

るう子ちゃんが、招待状を私に見せながら言った。

「本当に出るの？」

私は招待状をながめながらきいた。

「どうしようかな。出席して、思いっきりぶち壊してやろうかな……」

だけどその言葉にパワーはこもっていなかった。静かにそう言って、弱々しく笑っただけだった。

よくよく見れば、その結婚式は奇《く》しくも、バレンタインデーだった。招待状の端に

手書きで、

「どうぞよろしくお願いいたします」

と書いてある。

どうぞ、暴れないでください。どうか無事に結婚させてください。そういう「よろしく」なのだろう。

るう子ちゃんは、あれから、ただ、ぼーっと日々を過ごしている。テレビを見たり、私のマンガを読んだり、知里ちゃんの代わりにお皿を洗って、割ったりしている。食べてるし、眠ってるし、お風呂にも入る。ちゃんと息もしている。

だけど、それだけ。

エネルギーが補充されない。「るう子ちゃん」になるための、エネルギーが追加されないのだ。

どんな栄養が与えられたら、るう子ちゃんにもどるのだろう。どんなひとが手を差しのべたら、どんなことが起こったなら、るう子ちゃんの元気は回復するのだろう。

いま、私の身体は、エネルギーが着実に補充されている。生気のないるう子ちゃんを見ながら、私はつくづくそのことを実感していた。「ゴールドスティック」が、私にエネルギーを注いでくれていた。ライブを成功させるという目標が、私を動かしていた。

私が、臨時のボーカルでしかないことは承知している。ライブが終われば、私はこのバンドがくれたエネルギーを使って、こんどこそ本当にひとりで進まなければならないことも、わかってる。

私はバンドの練習をつづけながら、ライブの日が来るのが怖くなっていった。ボーカルとして、ライブを成功させなければいけないプレッシャーがあった。それが終わってしまったあとの、不安もあった。

私はその不安をかき消すように、毎日練習に励んだ。それしか、できなかった。毎日の練習に、夢中で取り組むしかなかった。

老人ホームでのライブの日がやってきた。

前日の夜。

「風邪ひいて、のどなんかからしたら、殺すわよ。今夜はマスクをして、マフラーをして寝ること」

佐々木さんの電話はそれだけ言うと切れた。佐々木さんは、本当にストレートに、しかも用件しか言わないひとだ。電話が切れたあと、いつもぼうぜんと受話器を見つめてしまう。

私は目が覚めると、自分の声の調子がいつもどおりなことを確認してから、ベッドから跳ね起きた。室内でやるから天気なんか関係ないのに、窓の外によく晴れた空が広がってるのを確認して、「よし！」と思った。

朝の九時に河壁くんの家にみんなで集合した。楽器を河壁くんちのワゴン車に運んだ。河壁くんのお父さんが、老人ホームまで連れてってくれることになっていた。そのワゴン車は、ドラムやギターやキーボードを詰めこむと、すでにいっぱいだった。なのに、さらに空いたスペースに、こんどは私たちが乗りこまないといけない。身体の大きい梨本くんが、

「悪いねぇ」

と言いながら、助手席にのびのびすわる。私たちは楽器にはさまれて、ごちゃごちゃにへんな姿勢で乗りこむ。そのうえ、

「なぁ、日下部。『森のくまさん』の振り付けだけどさぁ……」

なんて、矢部くんが足をばたつかせて、ステップ変更の相談をはじめたりするもんだから、車内はますますパニックになった。

縮こまって、首をすくませて、腰を曲げて、私たちは四十分も車で揺られた。

老人ホームにつくころには、全身が痛くて、すっかり疲れてしまった。

その老人ホームは、見晴らしのいい丘の上に建っていた。自然に囲まれて、環境もよくて、お年寄りにはいいところなのかもしれないけど、町からちょっと離れてるところが、寂しい場所に思えた。

老人ホームにつくと、事務のおじさんが迎えてくれて、私たちに小さな部屋を控室として与えてくれた。そのおじさんはお年寄りに音楽を聴いてもらうことはとてもいいことで、音楽療法という治療法があるほど大切なことなのだ、とか、きょう私たちの演奏を聴くのは、午前中に調子の良かったひとや、ここに暮らしてるわけじゃなくて、週に一日、昼間だけをここで過ごすひとが聴くことになる、とか、そういった説明をいろいろとしてくれた。

本番は、午後二時。

午前中は、みんなで簡単にリハーサルをした。お昼になると、さっきのおじさんがお弁当を持ってきてくれた。

ライブ会場はふだんは食堂として使われてるところで、スタッフのひとにも手伝ってもらって、机をかたづけたり、楽器をセットしたり、椅子をならべたりした。

私の心臓は本番が近づくにつれ、だれかに聞こえてしまうんじゃないかと思うほど激しく鳴った。緊張で、倒れそうだった。いろいろと働いてるときはごまかせるのに、ちょっと時間が空くと、とたんに不安になる。おなかも痛くなって、朝から数えきれないほどトイレに通ってる。

本番三十分前。トイレから出て、流し場で大きくため息をついてると、佐々木さんが私に近づいてきた。

「緊張してるんでしょ」

佐々木さんらしい、ぶっきらぼうな口調だった。私は素直にうなずいた。そして、予想した。

「歌いまちがえたら、許さないわよ」

「私たちが楽しくやらなかったら、聴いてるひとが楽しめるわけないんだからね」

「このライブの成功は、香緒にかかってるんだからね、わかってる？」

佐々木さんのこんな激しい一撃が打ちこまれるのを、私は水道の蛇口に手をかけたまま、準備していた。

だけど、佐々木さんは、私に近よって肩に手をかけると、そのまま私を振りむかせた。そして、私をぎゅっと抱きしめた。

一瞬、なにが起こったのかわからなかった。

佐々木さんの首筋が私のほおにあたって、温かい。そして、

「大丈夫だよ。あんた、うまいもん」

佐々木さんの声が、耳の奥に流れこんでくる。そして、私から身体を離すと、肩をぽんぽんと二回たたいて、トイレを出ていった。

私はどぎまぎして、その場に立ちつくした。

はじめての佐々木さんの褒め言葉だった。はじめての優しい言葉だった。緊張がほどけたというより、驚きで、緊張がふっとんだ。

トイレを出て食堂をのぞくと、もうぞくぞくとお年寄りたちが集まっている。ベッドのまま運ばれてきてるひともいた。車椅子のひともいた。三人で手をつないで、よちよちと席にすわろうとしているおばあちゃんたちもいた。

「大丈夫だよ。あんた、うまいもん」

私はおまじないみたいに、さっきの佐々木さんの言葉をつぶやいてみた。おもわずにんまりしてしまう。ここでひとりで歌うんだなって思ったら、やっぱり緊張はよみがえったけど「よし！」という気合いの入った気分にはなれた。

控え室にもどると、今回は完全に盛り上げ役に徹する矢部くんが、

「どうもぉぉぉぉ、僕たちは、『ゴールドスティック』というバンドです。イェーイ！」

という調子で、最初のあいさつの練習をしている。

「おまえ、昔の漫才師みたいだぜ」

首にでっかい蝶《ちょう》ネクタイをつけて、ほおに赤いペンで渦巻きを描いてる矢部くんを、梨本くんがせせら笑う。

「ばあちゃんたちは、こういうの喜ぶの！」

矢部くんが反論すると、

「そうかぁ？」

河壁くんが首をかしげる。

そんなないやりとりを聞きながら、私がこのなかにいるのも、もうきょうで最後なんだなぁって思った。

このバンドのボーカルは、矢部くんなわけだし、いまごろ軽音部に入っても、たいした活動はできそうにない。私の声じゃ、せいぜい簡単な童謡を歌うので精いっぱいなのだ。

私は控え室でみんなのやりとりを聞きながら、そんなしみじみした気分で本番を待った。

本番を迎えて、私たちが食堂に入ると、大きな拍手がわいた。所定の位置につくと、佐々木さんの合図で『砂山』の前奏がはじまる。最初、すこし声が震えた。間奏のところで、佐々木さんをちらっと見ると、目が合った。小さく笑ってくれた。心が落ち着いて、すこし楽になった。

一曲目が終わると、矢部くんが代表であいさつして、私たちひとりひとりを紹介してくれる。

それから『椰子の実』と『春が来た』を歌った。『森のくまさん』では、矢部くんがくまのお面をつけて、お年寄りたちの間に入って、踊ったり、マイクを差しだして、歌ってもらったりした。

すこしたつと、私にもお年寄りたちのようすを見る余裕ができた。ちゃんと聴いてくれるひともいれば、全然聴いてない感じでぼーっとしてるひともいた。立ち上がって、どこかに行こうとして、看護婦さんに止められているひともいたし、すわったまま、いっしょに身体を揺らしてるひともいた。じっと私を見つめて、いっしょに口をぱくぱくさせてるおばあちゃんもいた。

『われは海の子』を歌ってるときに、ステージに飛びだして、踊りはじめたおじいさんがいた。白い大きめのセーターを着たそのおじいさんと、最後は私も手をつないで歌った。

　そうして、ライブはあっという間に終わってしまった。最後、みんなでステージに横一列にならんで、手をつないでおじぎをした。

　大きな拍手がわいた。晴れがましくて、恥ずかしかった。うれしそうに笑って拍手を送ってくれるお年寄りたちの顔を見てたら、いいことをしたのかなって思った。

　拍手がやまなくて、私はなんだかこのまま終わるのが惜しい気分だった。そして、とっさに思いついて、

「そんじゃ、もう一曲、アンコールってことで歌いましょうかね」

と、マイクを通して提案してしまった。

　演奏メニューに、アンコールなんてなかったし、時間は守ってくださいねって、スタッフの人にも言われていた。

　だけど、もう遅い。

　お年寄りたちは、さらに大きな拍手をして、歓声をあげてくれた。だけど、メンバーは？　佐々木さんは？

　佐々木さんは、さっそくドラムセットのほうにもどっていき、そして私を見てにや

っと笑った。

ほかのメンバーも、やる気満々という笑顔を見せて、ギターやベースの準備をはじめる。

私はすっかり安心して、そしてさらに調子にのって、

「さーて、なんの歌がいいでしょう?」

会場にむかってきいた。すると、さっき私といっしょに手をつないだおじいさんが、

「海、行こう、海!」

と声をあげる。異議なし! という拍手がわき起こる。

結局、私たちはアンコールとして『われは海の子』と『砂山』を歌った。みんな立ち上がったり、手拍子をしてくれたりして、二曲とものすごく盛り上がった。本当は終わりにしたくなかった。もっともっと、やっていたかった。だけど、後ろでスタッフのひとが腕でバッテンをつくっていた。私たちは、もう一度ならんで深く深くおじぎをした。

「ありがとう!」

という声が飛んできた。私はこちらこそ感謝の気持ちでいっぱい、という気分だっ

た。

ステージをおりると、佐々木さんが、

「やるじゃん」

と、私の背中をバーンとたたいて言った。

「ほんと、すっかり、立派なリードボーカルになっちゃって」

矢部くんが、ハンカチで目頭を押さえて、泣きまねをする。

「結局、アンコールがいちばん盛り上がったよなぁ」

ライブのあとはいつも頭が真っ白になるという河壁くんが、放心状態でつぶやく。

みんながうなずく。

はじめて、私でもすこし役にたったのかなって思えた。

かたづけを終えて、食堂を出るときだった。私の背中をたたいて、

「よねこちゃん」

と呼ぶひとがいた。振りむくと、歌ってる間、じっと私を見つめて口をぱくぱくさせていたおばあちゃんだった。野球少年みたいに髪が短くて、白いブラウスに茶色い花柄のカーディガンをはおったそのおばあちゃんは、私を「よねこちゃん」と言って、呼び止めたのだ。

どうしたらいいかわからずに、そのおばあちゃんのほうを見ていたら、

「まあ、よねこちゃんといっしょに歌えるなんてねぇ」

おばあちゃんは、私の手を取って懐かしそうに笑った。私はおどおどとあたりを見まわした。となりで佐々木さんがそのおばあちゃんを静かに見つめている。でも、

「あのときの約束、覚えててくれたのねぇ」

おばあちゃんは私のこまったようすなどかまわずに、つづける。

「やっと、いっしょに歌えたねぇ」

おばあちゃんが私の右手を両手で包んで、うれしそうに笑いかける。

「また、いっしょに歌おうねぇ」

そこで、スタッフのひとがおばあちゃんに気がついて近よってきてくれた。

「ほら、昌代《まさよ》さん。部屋にもどろうね」

スタッフのひとはおばあちゃんにそう話しかけると、無理やり私から手を離させて、連れていこうとする。おばあちゃんは素直にそのひとに従っていたけど、顔をこっちにむけたまま、

「また、いっしょに歌おうねぇ」

と手を振っている。私はあわてて手を振った。顔はこわばったままだったけど、手

だけはなんとか振り返せた。広くがらんとした廊下に、そのおばあちゃんが小さくなってゆく。

「あの、おばあちゃん」

となりで佐々木さんがつぶやくように言った。

「きっと、香緒の声で、よねこちゃんってひとのこと思い出したんだね」

私は黙って、いま握られていた右手を見つめた。すごく強い力で握られていたらしく、いまごろ手のしびれを感じていた。

「音楽ってすごいでしょ?」

佐々木さんが言った。

「うん……」

私はしびれた手を見つめたまま、あいまいにうなずいた。バンドの練習がはじまってからきょうまで、佐々木さんはさかんに音楽のすばらしさを説明してくれたけど、私は練習についてくのに必死で、イマイチ実感がなかった。そして、きょう歌ってみたって、やっぱりそれはわからない。歌うのに必死で、音楽のすばらしさを実感する余裕なんてなかった。

「よねこちゃんって、だれなんだろう……」

すっかり遠くなったおばあちゃんの後ろ姿をながめながら私がつぶやくと、佐々木さんは私を控え室のほうにうながしながら言った。

「約束をはたせなかった友達とかなんじゃない？」

顔をくしゃくしゃにさせて笑っていた。首をめいっぱいまわして、私のほうに振りむいていた。手のひらを大きく開いて、いつまでも私に手を振っていた。あのおばあちゃんにとって、私はよねこちゃんだった。音楽が、私をよねこちゃんにかえて、おばあちゃんをうれしくさせたのなら、確かに音楽はすごい。佐々木さんの言っていたこと、すこしだけわかった気がする。

控え室にもどると、

「日下部、お疲れさんでしたぁ」

矢部くんたちが、私のことを拍手で迎えてくれた。なんだかあまりに突然で、私はにまにま笑ってぺこりと頭をさげた。佐々木さんも、みんなといっしょに拍手をしてくれた。

「歌って、よかったでしょ」

佐々木さんがきくから、

「うん。みんな、仲間に入れてくれてどうもありがとう。厳しかったけど、すごーく楽しかったよ」

私はそう言って、またぺこりと頭をさげた。

「おお、よかった。よかった。それはよかったよ」

矢部くんが、感慨深げにいっそう拍手を大きくして言う。

「また、頼むことあるかもしれないからさ、そのときはよろしく」

梨本くんの言葉に、私は黙ってうなずいた。

とりあえず、おしまいだった。ゴールドスティックから離れるときが、とうとう来てしまった。

私が歌ったら、おじいさんが踊りだした。あのおばあちゃんが、よねこちゃんとの約束を思い出した。私がとっさに提案したアンコールが、いちばん盛り上がったとバンドのメンバーも喜んでくれた。

ささやかだけど、これが私にできたこと。

ちなみといっしょじゃなくても、できたこと。

ちなみがいなくても、楽しくなれたこと。

このことを、ちゃんと覚えていようと思った。

「もう私、死にたいって思ってるように見えないでしょ？」

梨本くんにそんな質問をしたら、どんな反応をするだろう。私は帰りのワゴン車の中で、そんな想像をして、ひとり笑いをこらえる。

エネルギーはもらった。

栄養は補給された。

ワゴン車の中、ライブの余韻で興奮してるみんなといっしょになって、私ははしゃぎまくった。矢部くんのつまらないギャグにさえ、おなかを抱えて大笑いした。狭い車内で、楽器にはさまれ、小さく縮ませた身体が、はじけ飛ぶかと思った。

栄養補給、完了。

13

ぼたぼたとした雪が、久しぶりに東京に降っていた。私のライブが終わり、知里ちゃんの修士論文の発表が終わり、なんとなくばたばたしていた家の中が落ち着いたころだった。

「あした、豪助の結婚式に行きたいから、みんな、ついてきてくれるかなぁ……」

三人で夕食をとってると、るう子ちゃんが急に言った。その言葉を聞いても、私も知里ちゃんも驚かなかった。招待状の返事はごみ箱に投げ捨てられていた。るう子ちゃんが荷造りをはじめていたのも、わかっていた。

だけど、やっぱりそう簡単には引き下がらない。それが、るう子ちゃんだ。私も知里ちゃんもるう子ちゃんの誘いに、お互いの顔をちらちら見るばかりで返事ができなかった。

「大丈夫だよ」

そんな私たちのようすに気がついて、るう子ちゃんが弱々しく笑った。

「結婚式のじゃまはしないから」

るう子ちゃんは、マニキュアがはげて、まだら模様になっている爪を気にしながら言った。

「最後に豪助の花婿姿だけ、見ておこうと思って……」

るう子ちゃんは、遠慮がちにつづけた。

「それで、あした、そのまま金沢に帰る」

「あした？」

その言葉に、とっさに反応したのは私だった。

「うん」

るう子ちゃんは私を見ないで、爪をいじりながら静かにうなずいた。私は、そのあとにつづける言葉が見つからなかった。帰ってほしくないわけでも、帰ってほしいわけでもなかった。プラスの言葉もマイナスの言葉も浮かばない。

「そうね」

すると、知里ちゃんが口を開いた。

「そのほうがいいわね」

食後のお茶をすうっと飲みながら、知里ちゃんが静かに言った。

夜がふけても、雪はもさもさと静かに降っていた。テレビを見てたら、都心のほうは途中から雨に変わっていたけど、私の窓の外にある空は、雪をやめずにいた。東京のあしたの天気予報は、晴れ。バレンタインデーに結婚式をあげるふたりは、きっとほっとしているだろう。そんなふたりの晴れ姿をるう子ちゃんは、わざわざ見にいくという。まるで、自分にとどめを刺しにいくかのように。

次の日。私と知里ちゃんは、るう子ちゃんを東京駅に見送りがてら、結婚式をいっしょに見にいくことにした。もちろん豪助の花婿姿が見たいわけじゃない。豪助の花婿姿を見るるう子ちゃんを、見張りにいくためだ。こんどこそ、るう子ちゃんが暴れだしたら、しゃれにならない。

天気予報はあたった。

まだアスファルトの道路は湿っていたし、公園には白く雪が残っていたけど、空は午後にはその雪たちをすっかり溶かしそうな勢いで、強い陽射《ひざ》しをばらまいていた。

三人で電車に乗るのは、あのクリスマスイブの夜以来だった。あのとき窓の外に流れていたのは、暗闇と街の明かりと、目をこらせばようやく見つけられる星粒だった。だけどきょうは、しっとりとぬれた街が広がっている。太陽の光があたってキラキラ光ってる。

「東京の景色も、これで見納めだな」

るう子ちゃんが覇気のない声でしみじみと言った。

「また、遊びにおいでよ」

私はそう言いそうになって、あわてて言葉をのみこんだ。ほんとにまた遊びにきたら、たいへん。もうこんなドタバタした生活は勘弁だ。

豪助の式は式場の屋外のチャペルで、十一時からとなっていた。私たちは素知らぬふりで会場に入った。チャペルのある庭にも、だれにとがめられることなく入れた。もう式ははじまっているようだった。チャペルの中から、おごそかな歌が聞こえてくる。

庭は冬なのに緑がいっぱいで、真っ白なウエディングドレスを着た女のひとが歩いたら、絵になりそうに立派だった。私たちはしばらくそこで立ちつくしていた。ただ、黙って、チャペルのほうをむいてならんで立っていた。

やがて、チャペルの屋根の上についてる鐘がガランゴロンと鳴り響く。ドアが開いて、お客さんたちが先に出てくる。

私はるう子ちゃんをちらっと見た。

るう子ちゃんは静かだった。その顔つきから、るう子ちゃんの気持ちは読み取れなかった。

やがて、花嫁と花婿がチャペルから出てきた。花嫁は真っ白なウエディングドレスを身につけて、やわらかな笑みを浮かべている。豪助は、照れくさそうににやついている。お客さんたちがそんなふたりに花びらを降りかける。

「ゴールインおめでとう!」

「これからもお幸せにねー」

ふたりを祝福する歓声が、花びらといっしょに飛びかっていた。みんなが明るくて、なごやかで、幸せそうだった。

るう子ちゃんは、まっすぐにそんなふたりを見ていた。笑ってなかった。怒ってなかった。泣いてもいなかった。ただ、そっとふたりを見つめていた。

「あたしだって、ゴールインだよね」

ふいに、るう子ちゃんが言った。豪助が大勢に囲まれて胴上げをされていた。

「あたしなんて、ひとりでゴールしちゃったもんね」

花嫁がブーケを大きく放り投げる。女のひとたちが手をのばして、そのブーケを取り合っている。

「私の場合、あんまりめでたくないけどさ……終わった、だけだから……」

るう子ちゃんの言葉が、どんどん小声になってしまう。だけど、

「そんなことないわ」

知里ちゃんがるう子ちゃんの言葉を否定した。

「るう子ちゃんだって、充分におめでたいわよ」

教会のほうをながめながら、知里ちゃんがすました顔のままでつづける。

「充分によくやったもの」

知里ちゃんは、るう子ちゃんのほうをいっさい見ることなく、たんたんとそう言った。教会の前では、写真撮影がはじまっていた。

「そうだよね……」

るう子ちゃんが、うつむきかげんになっていた顔を起こす。

「そうだよね！」

そして、知里ちゃんの顔をのぞきこむ。知里ちゃんが「そうよ」と答える。とたんに、るう子ちゃんの顔に微笑みが浮かぶ。花嫁さんに負けない笑顔が、るう子ちゃんの顔に広がる。

「ああ、気がすんだ」

す。

るう子ちゃんが、さっぱりとした声をあげる。

「さあ、おしまい。行こう!」

私たちに出発の号令をかける。くるっと身をひるがえして、出口にむかって歩きだす。

その足取りは軽やかだった。跳ねるように歩くその後ろ姿は、爽快だった。

私たちはるう子ちゃんにつづいて、すみやかに式場をあとにした。コートを脱ぎたくなるほど、暖かなお昼だった。

ホームで電車を待っているときだった。知里ちゃんがトイレに行ってる間、私はるう子ちゃんとふたりきりになった。私はすかさず、るう子ちゃんに切りだした。

「知里ちゃんとるう子ちゃんって、本当に友達なの?」

最後に、どうしてもこの質問だけはしてみたかったのだ。

「あたしはそう思ってるよ。あたしはね」

るう子ちゃんは、あたしはねを強調して答えた。

「ふうん」

私は予想どおりというか、やっぱりねと思った。

「こんなことでもないと、なかなか知里ちゃんに会えないけどさ」

るう子ちゃんが空を見上げて言った。

「こんなこと?」

「東京で頼るあてが知里ちゃんしかいないとか、失恋してとてもこまってるとか……」

「ふうん」

るう子ちゃんのとなりで、私もいっしょになって空を見上げて考えた。理由がないと会えないなんて、へんな関係だ。この関係を友達と呼ぶだろうか。

ホームの雨よけのすきまから見える角張った空を、鳥の小さな群れが横切ってゆくのが見える。

「お待たせ」

知里ちゃんがもどると、電車がもうすぐ到着することを、駅員がマイクを通して伝えた。

「見送り、ここまでにして。あとは、ひとりで帰りたいから」

東京駅まで見送るつもりで来た私たちを、突然、るう子ちゃんが制した。私と知里ちゃんは、素直にるう子ちゃんに従うことにした。あまりに突然の別れになってしまい、言い残したことや、もっとききたいことがたくさんある気分だった。

すぐに電車が滑りこんできて、扉がゆっくりと開く。るう子ちゃんがその電車にひとりで乗りこむ。

「いろいろ、ありがとう。またね」

るう子ちゃんはそう言って、笑顔で手を振った。私と知里ちゃんも、るう子ちゃんに合わせて手を振った。るう子ちゃんは電車のドアが閉まっても、五本指をぴんとのばした手を大きく振っていた。

私たちは、るう子ちゃんが見えなくなってもしばらく、ホームの先っぽに立って、電車を見送っていた。

つくづくほっとしたのか、知里ちゃんが長いため息をついた。

「知里ちゃんとるう子ちゃんって、本当に友達なの?」

私は電車が見えなくなったころ、おもむろに、こんどは知里ちゃんに切りだした。知里ちゃんにこそ、どうしてもこれがききたかった。

「昔はね」

電車が行ってしまった方向を見つめたまま、知里ちゃんは答えた。

「厳密に言うと、仲良くしていたのは、高校一年生のときだけなの」

ホームの反対側に身体をむけながら、話はつづいた。もうすぐ、こんどは私たちが乗る下りの電車がやってくる。

「どうして、ふたりはだめになっちゃったの？」

なんだか身につまされる話だった。まるで、私とちなみみたいだ。

「私が、つきあいきれなくなっちゃったのよ。自分勝手で、むこう見ずで、いつも自分のことしか考えてないるう子ちゃんといっしょにいるのが、疲れちゃったの」

知里ちゃんは、うつむきかげんでつづけた。

「二年生になって、クラスがべつべつになったときに、私のほうからるう子ちゃんを避けるようになったの。高校を卒業するころには私たち、廊下ですれちがっても、あいさつもしなくなってた。大学も同じだったけど、やっぱりお互いに知らんぷりして過ごしてきたの」

下りの電車がホームに滑りこんでくる。

「だから、今回いきなり訪ねてきたときは驚いたわ。なんでいまさら私のところに来たのか、不思議だった」

私たちは風を受けて、その電車の到着を迎えた。私は、めずらしくおしゃべりな知里ちゃんの話を静かに聞いていた。

「でも、目の前でぼろぼろ泣くるう子ちゃんを見てたら、嵐を家の中に呼びこむようなものだってわかってるのに、見捨てられなかった」

ドアが開いて、私たちは電車に乗りこんだ。電車はすいていて、私たちは車両の端っこにならんで席をとることができた。

「案の定、あの子に振りまわされっぱなしで、毎日うんざりだったけど……」

ドアが閉まって、電車がゆっくり動きだす。しだいにスピードを増して走りだす。

私たちは電車に静かに揺られていた。

「でも」

電車が走りだしてしばらくすると、知里ちゃんがフフッと恥ずかしそうに笑いながら、ふたたび口を開いた。

「るう子ちゃんが私のことといろいろ知ってて、驚いちゃった」

そして、ためらいがちにこうも言った。

「私が東京に来た理由も、ちゃんと見ぬいてるんだもの……まいっちゃったわ」

そう言う知里ちゃんは、やっぱり恥ずかしそうにうつむいていたけど、なんだかうれしそうに見えた。私はふうんと相づちを打ちながら、ほっとした気分になった。

「いっしょにいるわけじゃないのに、私たちの関係って切れてなかったのよ。あれからもずっと、私たちは見えない細い糸でつながってたのよ」

知里ちゃんが、ひざに置いたハンドバッグの金具をいじりながらつづけた。

「人間関係って、そう簡単には切れないのね。一度そのひとを知ってしまったら、もう二度と知らないひとにはもどれない。どんなにイヤになっても、二度と会いたくないって思っても、すでにお互いを知ってしまってるんだもの、見えないふりしたって、知らんぷりしたって、ちゃーんとつながってしまってるのよ」

知里ちゃんの足もとを、むかいの窓から陽の光が照らしていた。電車は順調に私たちの住む町にむかって走っていた。

「そういえばね」

知里ちゃんがまた急にくすくす笑いながら、切りだす。きょうの知里ちゃんは、おしゃべりが止まらない。

「高校一年生の夏休みに、るう子ちゃんとふたりで東京に遊びにきたことがあってね。そのとき、新宿駅で迷子になっちゃったの。西口とか南口とか全然わからなくて、だれかにききたくても、みんなすごいスピードで歩いてて、きくにきけなくてね」

知里ちゃんが笑いをかみころしてつづける。

「そしたらるう子ちゃん、とうとう泣きだしちゃって、小さい子みたいにその場にすわりこんで、大声で泣きはじめたのよ」

知里ちゃんが、くっくっくっとおかしそうに笑う。私もおもわず笑いだす。そんなるう子ちゃんの姿を想像するのは、簡単だった。

「でもね」

知里ちゃんは手で口を覆って、笑いを懸命にこらえていた。

「道行くひとは、そんな私たちをまったく気にかけてくれないの。だれも、私たちに優しい言葉ひとつかけてくれないのよ。それで私もこまっちゃって、とうとういっしょに泣きだしちゃったのよ」

知里ちゃんが苦しそうに口を押さえて笑っている。

「ふたりで抱き合って泣いたのよ。新宿駅の雑踏の真ん中で……」

私は声をたてて笑った。私たちが笑っている姿を、むかいの席にすわってるおばさんが、いぶかしげに見ていた。知里ちゃんは、胸を押さえて必死で自分を落ち着かせていた。

「私、辛いことがあると、なぜかあのときのことを思い出すのよね」

知里ちゃんは、そう吐きだすように話してから、大きく深呼吸をした。

「あんな思い出が、ときどき私を助けてくれるのよ」

知里ちゃんはすっきりとした顔をして、窓の外をながめて言った。

「寂しくなるのよ」

窓の外では、はだかのけやき並木が、空を刺すようにのびてならんでいた。

「へんよね。実際にいっしょにいるのは、イヤなくせに」

確かにへんだ。やっぱりへんな関係だ。でも、そんな関係を「友達」と呼ぶかどうかはべつとして、悪くないな、と私に思わせた。私を、うれしい気持ちにさせた。

「香緒ちゃんは？」

いい気分になってる私に、こんどは知里ちゃんがきいてきた。

「ちなみちゃんとは、最近どう？」

それはいまの話の流れの先に、はじめから用意されていたような自然な質問だった。だから私もごく自然に、とても素直な気持ちで話しだした。ずっと話さなかった、ちなみとのことや、バンドのことを語りはじめた。電車が私たちの駅に到着するまで、まだまだ時間はあった。知里ちゃんは、優しくうなずきながら、私の話を聞いてくれた。

そうして、私たちはるう子ちゃんが来る前の「ふたりきりの生活」にもどっていった。

るう子ちゃんが金沢に帰ったあとすぐ、四月には、両親ともに日本に帰ってくることが決まった。

知里ちゃんは三月に大学院を卒業して、そのあとすぐにドイツに留学することも決まった。三月の終わりには、知里ちゃんと入れ替わるように、とりあえず母さんだけが先に帰ってくる。

私はこのころ、はじめて自分から、

「期末試験が終わったら、映画を観にいかない？」

と、同じクラスのコバちゃんと美樹ちゃんを誘った。

はじめ、ふたりはそんな私の誘いにきょとんとしていたけど、とたんに笑顔になって、

「私たちも、香緒ちゃんを誘おうと思ってたとこなのぉ」

と、声をそろえて喜んでくれた。

私たちはそのあと、ふたりが行ってる塾に体験入学させてもらうことや、春休みにいっしょに横浜《よこはま》の動物園に行くことなんかも約束した。

そんな私を見て梨本くんが、

「小林《こばやし》たちと最近、楽しそうじゃん」

と話しかけてきた。私はまあねと返した。それから、

「梨本くんのおかげかな」

ちょっと照れもあって、私は軽い調子でそうつけ加えた。それは本当のことだ。すべては、梨本くんがバンドに誘ってくれたおかげなのだ。すると、

「じゃあ……」

梨本くんがすこし早口になって言った。

「お礼にこんど、オレとデートしてもらおうかな」

冗談とも本気ともつかない言葉。私は驚いて一瞬顔がこわばってしまったけど、

「だめぇ〜、私の理想は髪の長いビジュアル系なんだもん」

と、ふざけて返した。

「なにそれ」

梨本くんは肩をがっくり落として言った。だけどすぐににやっと笑って、

「ぐれてやる〜」

とおどけた調子で言うと、短い髪をばさばさなでながら、その場を去っていった。

私はそんな梨本くんの後ろ姿を見ながら、実は、複雑な気持ちだった。本当は、デ

ートに誘ってくれてうれしかった。私はバンド活動のなかで、梨本くんのいい部分をたくさん見てしまったし、いろいろフォローしてもらって感謝もしてる。

だけど、もし私がここで梨本くんと仲良くなってしまったら、きっと私は梨本くんを頼ってしまう。ちなみに甘えたように、こんどは梨本くんに甘えてしまうだろう。

梨本くんは、それくらい頼りになる男の子だ。

だから、断った。

ちなみに悪いからじゃない。

自分のためだ。

そうこうしてるうちに、期末試験がやってきて、三年生を送る会があって、終業式の日がやってきた。三学期は、いつもあっという間に過ぎてゆく。

終業式では、クラブ活動で表彰されたひとが、校長先生からあらためて賞状やメダルをもらう儀式があるのだけど、そのときはじめて、私はちなみがこの間の地区大会で優勝、その次の都大会でも三位にくいこんだことを知った。私は、ちなみのがんばりに素直に感動していた。体育館のステージに上がって、メダルと賞状を受け取るちなみを誇らしく思った。そして、声をかけたくなった。

もう、私はちなみの友達ではないけど、ちなみは私にとってやっぱり特別。おめでとうって声をかけるぐらい、いいかなと思った。

私は終業式が終わって、教室にもどる途中の廊下で、ちなみを見つけた。もう、ふたりが口をきかなくなって、何ヵ月かなんて忘れてしまったけど、私は久々にちなみに声をかけることになった。

「ちなみ、すごいね。おめでとう！」

私の声は緊張のあまり異常に高くなってしまった。もちろん、ちなみに完璧に無視される覚悟はできていた。それでよかった。

ちなみにおめでとうと言いたい。そんな素直な気持ちを、ちゃんと行動にしたかったのだ。

ちなみは久々に私に話しかけられて、驚いてるみたいだった。だけど、「ありがとう」ときちんと私の言葉に反応してくれた。

私は大満足だった。満足して、じゃあと軽く手をあげて、ちなみから離れようとした。

なのに、

「香緒」

もうすでに身をひるがえしてる私に、ちなみが呼びかけた。私は驚いてちなみのほうにむき直った。声の感じが懐かしかった。そして、ちなみが言った。

「いまは、軽音部にいるの?」

胸がきゅーんと痛んだ。どこでどう聞いたのか、梨本くんのバンドに参加したことが知られてしまってる。ショックだった。それでも、私は冷静を装《よそお》って答えた。

「違うよ。いまはどこのクラブにも入ってないよ」

「でも、老人ホームで歌ったって聞いたけど……」

「頼まれて、手伝ったの。それだけ」

「ふうん……」

ちなみはいかにも納得したように、鼻を鳴らした。

「でも……」

ちなみは、ほんのすこし優しい顔になって言った。

「もしまたやることあったら、呼んでね」

「えっ?」

「香緒のボーカル、聴いてみたいから……」

そして、じゃあと小さく手をあげると、まるで私から逃げるみたいにすたすたと離れていった。

それだけだった。

それだけだから、ちなみがどんな意味をこめて言ったのかわからない。出来事がささやかすぎて、わからない。

だけどそれは、お互いをつないでいる透明な糸の長さが、ほんのすこし縮んだような、見えないはずのその糸が、かすかに見えたような、そんな出来事だった。

いっしょにいなくたって、切れない透明な糸は私からのびている。だれかと知り合って、たとえ離ればなれになっても、透明な糸がちゃんと残る。

どんなときも、ひとりじゃない。絶対に。

私は、透きとおった糸を感じながら、自分の教室へと弾むようにもどっていった。いろんなエネルギーで満たされた身体で、歩きだしていた。

解説

あさの　あつこ

不思議な本だ。上手く説明できない（だいたいにして他人に説明するのは不得手なのですが）。こういう起で、ここからが承で、こう転となって、結はこうなる。などと、すらすらと紹介できる本ではない。少なくとも、わたしにとっては出会ったことの無い、未知の一冊だった。不思議な手触りの世界、どこか懐かしいようなそのくせ、息を呑むほど新鮮なのだ。

奥深い少女に似ている。普段は、ごく普通の平凡な顔立ちなのに、ふとしたはずみに、こちらが思わず目を見張るような艶やかな表情や仕草を見せる。

ああ、この人は美しいのだと、心を揺らせてくれる。そんな少女にとてもよく似ている。慎ましやかで、凛として、か細げに見えて、意外に図太い。そうかと思えば爽やかで、かつ、毒を含む。うーん、やはりとても、不思議な一冊としか言いようがない。

最初、この本『透きとおった糸をのばして』を読んだのは、もう五、六年も前のこと、確か二十世紀が終わろうとする冬のことだったと記憶している。

風邪をひいていた。鼻風邪だ。鼻水が止まらなくて、喉の奥がむず痒いようで不快だった。だいたい、わたしはめったに病気に罹らないことを自慢にしている。事実、いやになるぐらい丈夫なのだ。そういう人間は、わりに脆《もろ》い。ちょっとした体調の不良で、大げさに騒ぐ。わたしも例外ではなく、止まらない鼻水に耐え切れず、「わたし、鼻水を多量に出しすぎて、このまま天国に召されるかも」と、騒ぎまくっていた。うんざりしていた家人が相談し「じゃあ、夕食は外で食べよう」と決定。るんるんである。鼻をずるずる言わせながら、鍋焼きうどんセットをたいらげての帰路、書店に寄った。

娘が十代向けのファッション雑誌を、ダンナが誰かの（誰だったか忘れました。奥さんのじゃなかったことだけは確かです）新刊を買いたいと言ったのだ。異存はない。鍋焼きうどんが美味しかったこともあって。普段より幾分大らかになっていたわたしは、やはり鼻をずるずる言わせて家族に付き合い、書店のドアをくぐった。そして、『透きとおった糸をのばして』という、やや長いしかし妙に心に残る題名の本に出会ったのだ（出会うまでの前置きが長くてすいません。ただ、わたしは人と人、人と本の関係ってどこか共通項があるような気がしてならないのです。思いもよらぬ出会いをしてしまう、出会ったら忘れられなくなる、一生の付き合いになることもあれば、束の間触れ合っただけで別れることもある……等々。どうでしょうか？）。

まずはタイトルに惹かれた。それから、帯の『第40回講談社児童文学新人賞受賞作』という一節に惹かれた。わたしは、権威に弱い。「講談社児童文学新人賞って、ちょっとすごくない？」と児童書の棚の前で、独り言を（かなり大きな声で）もらしてしまった。

講談社児童文学新人賞。なんてたって森絵都だ、魚住直子だ、梨屋アリエだ、風野潮だ（今なら、片川優子とか香坂直の名前を挙げるのでしょうが）。自分が貰ったわけでもないのに、いや、貰ったことのない賞だから、よけいにすごいと思うのかもしれない。ともかく、権威主義のわたしは、草野たきという、それまで名前も知らなかった（新人だから、当たり前だけど）作家の本を手に取った。

風邪をひいていなかったら、鍋焼きうどんを食べに行かなかったら、帰りに書店に寄らなかったら、この日、わたしは『透きとおった糸をのばして』という本に出会わなかった。これを偶然と言うか、必然とするか、そういう些細なことはどうでもいい。ともかく、出会い、買う気などほとんどなく（すいません）ページをめくった。

いろんなお寺でおみくじばかり引いてまわった、鎌倉。

朝から夕方まで興奮して遊んだ、ディズニーランド。

八時間歌いつづけたこともあった、カラオケボックス。

私たちは、いつも「ふたり」だった。

親がいないのをいいことに、ちなみはよくうちに泊まりにきた。そういう日の私たちは、まるで双子の姉妹のように過ごした。

中学のテニス部で知り合ったちなみと香緒。香緒は、ちなみのことを親友だと信じていた。しかし、ちなみの好きになった梨本くんの片想いの相手が……いや、よそう。いくら内容を紹介しても、この本の魅力を説明することにはならない。そんな気がする（前にも同じことを書いたではないか。このごろ繰言が多くなって……）。そうなんだよなあ。ほらここのところで盛り上がりがあって、ここでちゃんと泣かせどころが用意されてて。笑いもあって、上手いよねと、したり顔に内容を説明できる本、一気に読んで一気に忘れられる本って巷には、あふれているんだよなあ。そういう本は、こちらの都合に合わせて、パタンと閉じることができる。また、時間のあるときに、続きを読めばいいし、そのままにしても構わない。それは、本のレーベルとか装丁とか値段には関わりがない。あくまで、読み手、つまりわたしと本との関係性の問題だ。

で、『透きとおった糸をのばして』は、パタンと閉じることができなかった。ファッション雑誌を脇に挟んで（二冊も！）娘が呼びに来た。ダンナも奥さん以外の誰かの新作を手に入れたらしい。

「おかあさん、買う本あるの？　いっしょに買《こ》うとこうか」

前述した箇所を読んでいたとき、声をかけられた。

「え？　いや、まて。もうちょっと……」

「おかあさん、鼻水が垂れよるよ。みっともないから拭《ふ》き」

「うっ。ずるずる。もうちょっと待って」

「買えば」

「は？」

「その本、そんなに読みたいなら買《こ》うたらええがん」

そうだ、買えばいいのだ。でも千四百円もする。ここまでは、ひき込まれた。強引に力ずくではなく、ゆっくりと誘うように世界に沈み込んでいった。でも、まだ前半の前半だ。この不思議な雰囲気、生々しい少女の感覚、新鮮な人と人との関係と距離、わたしを魅了したこの力が最後まで途切れることなく続いてくれるだろうか。息切れした例は多い。自分の作品だけとっても両の指では足らないぐらいだ。ふんふん（別に威張っているわけではありません）。ましてや新人の最初の一冊（新人だから、当たり前だってば）。崩れ、流され、安易で凡庸なゴールに到達する危険性は十分にある。というか、その可能性の方が遥かに高い。ここでパタンとページを閉じて、後で図書館ででも借りた方が得策ではないか。

ああ、でも、この先が読みたい。どうしても読みたい。

疑い深く、しみったれで、優柔不断なわたしは閉じることも、読み続けることもできず、ぐずぐずと薄青の美しいカバーをなでたりしている。娘がため息をついた。

「おかあさん、買いぃ。買わんときっと、後悔するけん。いっつもそうじゃもんな」

う……、確かにそうだ。本と人は似ているのだ。心がときめく出会いなんて、そうそうあるもんじゃない。稀な遭遇なのだ。逃せば後悔し、落ち込むことは必定。散々、経験してきたことではないか。「この分は、ちゃんと領収書、もらっとくから」

わたしの手から本を抜き取り、さっさとレジにもっていく。さすが愛娘。母の扱いを心得ている。

結果報告から言うと、娘には大感謝である。『透きとおった糸をのばして』は、わたしにとって、いや、たぶん、この物語を読んだ多くの人々にとって、忘れられない一冊となった。大切なものとして、本箱にしまい、でもしまいっぱなしではなく、時折、その日その時の心の揺れようで、ふと手に取ってしまう。何度も読んだ一文、一節を改めてなぞってみる。そんな本となった。

これは、稀有な美しい作品だ。詩的な美しさと少女の日々の美しさが見事にからまりあっている。美しいけれど脆くも、おしゃれでもない。香緒も失恋の痛手から背を向けていた知里も、とことん確認し自分にとどめを刺すために、相手の結婚式を見に行くるう子も圧巻だ。知里とるう子の関係は、そのままラストの「おめでとう」とちなみに声をかけることのできた香緒と「香緒のボーカル、聴いてみたいから……」コンサートに呼んでくれと答えることのできたちなみの関係へと重なっていく。重なってはいくけれど。ぴたりと合わさるわけではない。大きなズレがあり、ちなみと香緒が元のように回復することはない。

人と人との関係は、単一ではない。人がみな違うように、結びつき方は全て違う。同じ二人であっても、その認め方、その結びつき方は、自分のそして相手の変化によってまた色合いをかえる。人と人との間に、定形など存在しないのだ。あなたがいて、わたしがいて、たった一つの関係がある。

作者は、そのことを深く、深く知っているのだ。

いっしょにいなくたって、切れない透明な糸は私からのびている。だれかと知り合って、たとえ離ればなれになっても、透明な糸がちゃんと残る。

物語の終わりに香緒の摑んだものは、香緒が地に足をつけ、衒《てら》うことなく生きた日々の賜物だった。だから、おしゃれでもなく、浮遊もしていない。まっすぐに顔を上げて歩く少女そのままに、凜々しく雄々しい。わたしもまた、香緒のように生きねばと背筋を伸ばしてみた。

●本書は二〇〇〇年七月に小社より刊行されました。

|著者|草野たき　1970年、神奈川県生まれ。実践女子短期大学卒業後、会社勤務。'99年『透きとおった糸をのばして』で講談社児童文学新人賞を受賞し、デビュー。また同作で児童文芸新人賞を受賞。その他の著書に『猫の名前』『ハチミツドロップス』(ともに講談社)、『ハッピーノート』(福音館書店) がある。

透《す》きとおった糸《いと》をのばして
草野《くさの》たき

講談社文庫
定価はカバーに
表示してあります

2006年6月15日第1刷発行

発行者——野間佐和子
発行所——株式会社　講談社
東京都文京区音羽2-12-21　〒112-8001
電話　出版部 (03) 5395-3510
　　　販売部 (03) 5395-5817
　　　業務部 (03) 5395-3615
Printed in Japan

デザイン—菊地信義
本文データ制作—講談社プリプレス制作部
印刷——豊国印刷株式会社
製本——株式会社国宝社

落丁本・乱丁本は購入書店名を明記のうえ、小社業務部あてにお送りください。送料は小社負担にてお取替えします。なお、この本の内容についてのお問い合わせは文庫出版部あてにお願いいたします。

ISBN4-06-275422-3

講談社文庫刊行の辞

二十一世紀の到来を目睫に望みながら、われわれはいま、人類史上かつて例を見ない巨大な転換期をむかえようとしている。

世界も、日本も、激動の予兆に対する期待とおののきを内に蔵して、未知の時代に歩み入ろうとしている。このときにあたり、創業の人野間清治の「ナショナル・エデュケイター」への志を現代に甦らせようと意図して、われわれはここに古今の文芸作品はいうまでもなく、ひろく人文・社会・自然の諸科学から東西の名著を網羅する、新しい綜合文庫の発刊を決意した。

激動の転換期はまた断絶の時代である。われわれは戦後二十五年間の出版文化のありかたへの深い反省をこめて、この断絶の時代にあえて人間的な持続を求めようとする。いたずらに浮薄な商業主義のあだ花を追い求めることなく、長期にわたって良書に生命をあたえようとつとめるところにしか、今後の出版文化の真の繁栄はあり得ないと信じるからである。

同時にわれわれはこの綜合文庫の刊行を通じて、人文・社会・自然の諸科学が、結局人間の学にほかならないことを立証しようと願っている。かつて知識とは、「汝自身を知る」ことにつきていた。現代社会の瑣末な情報の氾濫のなかから、力強い知識の源泉を掘り起し、技術文明のただなかに、生きた人間の姿を復活させること。それこそわれわれの切なる希求である。

われわれは権威に盲従せず、俗流に媚びることなく、渾然一体となって日本の「草の根」をかたちづくる若く新しい世代の人々に、心をこめてこの新しい綜合文庫をおくり届けたい。それは知識の泉であるとともに感受性のふるさとであり、もっとも有機的に組織され、社会に開かれた万人のための大学をめざしている。大方の支援と協力を衷心より切望してやまない。

一九七一年七月

野間省一